大地悬浮

欧凤香　明涛　著

春风文艺出版社
·沈阳·

图书在版编目（CIP）数据

大地悬浮／欧凤香，明涛著．— 沈阳：春风文艺
出版社，2024.6
ISBN 978-7-5313-6654-6

Ⅰ.①大… Ⅱ.①欧… ②明… Ⅲ.①幻想小说—中
国—当代 Ⅳ.①I247.5

中国国家版本馆 CIP 数据核字（2024）第 039786 号

春风文艺出版社出版发行

沈阳市和平区十一纬路 25 号　邮编：110003
四川科德彩色数码科技有限公司印刷

责任编辑：韩　喆　平青立		责任校对：陈　杰	
装帧设计：书香力扬		幅面尺寸：145mm×210mm	
字　数：170 千字		印　张：7	
版　次：2024 年 6 月第 1 版		印　次：2024 年 6 月第 1 次	
书　号：ISBN 978-7-5313-6654-6		定　价：50.00 元	

作者简介 ———————————————————————— zuozhejianjie

　　欧凤香，中国微型小说学会会员，广东省作家协会会员，广东省小小说学会会员，深圳市作家协会会员，中华传统文化高级教师，龙华区作家协会副秘书长，《羊台山》杂志编辑，《龙华文学》编辑，在全国各大征文比赛中多次获奖，在全国各大报刊上发表过若干文章。出版小小说集《请关上那道门》。

作者简介 ———————————————————— *zuozhejianjie*

　　明涛，本名朱平，男，大学本科学历，2008—2013年任华测检测认证集团股份有限公司研究院院长，2013—2019年任深圳国技仪器有限公司研究院院长，2020年退休。

为有暗香来

——长篇小说《大地悬浮》解读

唐兴林

　　我大概在2015年时就认识欧凤香了。那时，龙华区草根文学艺术协会举办的几次活动，她都参加了。她给我的印象是少言寡语，不太爱在这种场合上通过与一些"名人""大腕"套近乎、拍照来刷存在感。她总是静静地来，静静地去。我便断定，她应该是对文学有一种爱好，从原来的"文学青年"变成了现在的"文学中年"。后来，在一个市级文学大赛的参赛稿件里，我看到了她的一篇小小说。才读几行，就吸引了我。长期的阅读积累和自身的创作实践传递给我的感受是，欧凤香的小说语言颇有味道，是那种可以"玩味""咀嚼"的语言。我一向固执地认为，一个好的小说家，语言风格是第一位的。汪曾祺先生是我特别喜欢的一位作家，他的众多小说篇幅都不长，也没有离奇曲折的情节，却让人越读越爱读。就是因为汪曾祺的小说语言具有一种古典美，有一种妙趣浸在文字里头，越嚼越有味。著名作家毕飞宇说："小说语言第一需要的是准确。美学的常识告诉我们，准确是美的，它可以唤起审美。"欧凤香那篇小小说之所以吸引我，就是因为她小说语言的美感和诗意。之前，我对她有一种认识的偏差，还以为她没写过东西或者不会写东西。惭愧了，看山不是山。

2023年5月初，欧凤香送了我一本她新出版的小小说集《请关上那道门》（北岳文艺出版社出版），我集中读了一些篇章，更深刻地印证了我对她小说创作的感受。对小说家来说，语言风格不仅仅是语言的问题，它暗含着价值观，严重一点说，也许还有立场。在这部小小说集中，作者所展示的不论是人生某一刻的机遇还是成长路上的叛逆与抗拒，都能通过文字表达或美学价值凸显作者立场。欧凤香完全具备一个小说家所具备的语言功底和美学追求。

欧凤香给我的惊喜远不止此。

一年多前，听说她在写一部农业题材的长篇科幻小说。我在心里对她一半是惊异，一半是佩服，惊异于她的勇气，也佩服于她的勇气。在之前与她的交流中，知道她连5000字以上的小说都没写过。最长的小说也只有2000字左右。可她一下子就写起了长篇小说，而且还是科幻小说。

在小说创作领域，大家有个共识，越是短小说越不好写。一方面，短篇小说需要鲜活的人物性格；另一方面，短篇小说又给不了性格发育的篇幅。欧凤香从小小说创作跳到了长篇小说的创作，也许是想给自己一个挑战，一种尝试。

半个多月前，我收到了凤香发来的长篇科幻小说《大地悬浮》的电子稿，不长，总共也只有11万多字，算是一部小长篇。对于科幻小说，我读得不多，很早以前看过法国作家凡尔纳的《海底两万里》，读后的感觉就是新奇，吸引人。现代自然科学的发展使人类愈来愈深入地洞悉物质世界的秘密，掌握大自然的规律，从而也提供了人类运用数千年时间总结出来的科学知识更有效地利用、驾驭、改造自然界的可能性。比如千里眼、顺风耳、腾云驾雾等，原来只是古代人的朴素的想象，可是电视、无线电话、飞机的发明已经使这些幻想变为现实。高速发展的现代社会告诉我们，真实的宇宙更加神奇莫测。人们对已经显现出"神奇魔力"的科技充满了更多的期待，期望科学和技术能够带来一个更加美好的未来，对科学神奇的赞叹和对未来的向往现在都达到了高潮，由此也就带来科幻文学的繁荣地了。

科幻小说是可能性的文学，它把各种各样的可能性展示出来，让读者欣赏，让我们做各种可能的精神准备，但到底哪种可能性最有可能变为现实，不是科幻小说能够指明的。准确地预测未来是十分困难的，我们今天所面对的未来并没有被准确地预测过，不论是科幻小说还是未来学家，都没有准确地预测过今天的样子，未来也同样是神秘莫测的。作为一种文学体裁，科幻小说有着文学的共性，所以无疑应该具有文学的诗意。文学的诗意主要来自对人的描写和表现，人与人、人与社会和人与时代的关系构成了文学的主体，而现代文学更多地专注于个体的内心和精神世界，由此产生了对生活和人性的深刻而丰富多彩的表现，形成了文学的诗意。而《大地悬浮》这部长篇科幻小说呈现给读者的就是一个充满了诗意的、带着乌托邦理想的生态世界：吴永和、史乾坤、刘达飞等几位志同道合的农业科技专家以神农管理科技有限公司为依托，执着于"立体农业"的研究与推广，终于在北疆省的月牙湖畔建成了一个集居住、种植、环境保护等为一体的立体农业卫星城。解决了城市广大居民对粮食、蔬菜、水果等的高品质需求。立体农业，又称层状农业，就是利用光、热、水、肥、气等资源，同时利用各种农作物在生育过程中的时间差和空间差，在地面地下、水面水下、空中以及前方后方同时或交叉进行生产，通过合理组装，粗细配套，组成各种类型的多功能、多层次、多途径的高产优质生产系统，来获得最大经济效益。当今世界，面临着病毒、战争等威胁，人类的生存安全，尤其是粮食安全面临严重挑战。也正是在这样一个世界背景下，发展立体农业，解决人类生存危机，意义重大。

一部文学作品，除了带给人愉悦或消遣以外，还应该给人们带来某种思考。之前，我总认为中国是传统的农业大国，尤其是在改革开放以后，中国的粮食应该是可以自给自足的。但看完《大地悬浮》，才知道，中国依旧是世界粮食进口大国。而且是大国中可能出现粮食危机的国家。改革开放以后数十年的发展，有那么一段时期，中国的地产经济火热，城市化进程一度成为热点。但是，也造成了农村耕地减少、城市房价飙升的不平衡局面。按照《大地悬浮》的描述，沙漠、盐碱地、滩涂、荒漠戈壁都可以成为发展立体农业的载体。甚至连城市里的学校、医院等公共场所里的楼顶和家庭空间都可以发展立体农业。也可以这么说，农业和种植无处不在。

"立体种植，我们是通过电脑的各种程序去控制它。我们的控制可以达到毫秒级、秒级的控制，因为农作物的生产毕竟是很慢的，可能也就采用分钟级的控制就可以了。采用甜度计（进行在线测试分析），就知道甜度多少。在自然的情况下，要实现光照充足或者营养充足非常困难。立体种植，可以任意提供能够提供的条件，比如输送氨基酸或者强化光照等，让蔬果更甜。大自然种植情况下难以实现的条件，在立体种植都可以实现。实现某种特别好的口感，比如说，花生是甜的，在大自然种植中是不可能实现的，而通过立体种植有可能实现。通过这个立体种植的设备，来实现需要的条件。App 远程控制，这些都已经不是什么问题，因为进行大规模种植的话，就相当于发电厂一样，有个中央控制室，里面安排一到三个人值班，实行远程控制，可以控制所有进程。一个 AI 芯片，一个程序，这都是很低成本的，一套电控系统可能就几千块，一个人工智能软件编程完成以后，可能也就是几十万块钱，它可以用于大部分控制场景，迭代成本也不太多，所有的种植都用这个软件，这个软件的成本分摊下去是很低的，这些都不是重要的成本，不是程序员的问题，也不是控制技术的问题，这是一个纯农业问题。"当我读到这段文字时，对立体农业的发展有一种特别的向往！你想，到那个时候，土地大大节省了，楼房就不用盖那么高了，房子可以盖矮、盖多了，人人都可以住得起别墅，真正地过上"接地气"的生活。如同我们当年渴望的"电灯电话，楼上楼下"的生活一样，立体农业带给人们生活环境的改变，不会是一种空想。我就在想，如果人人都有一种"立体农业"的思维或概念，那对缓解人类生存危机和环境的向好改变是多么的重要啊。

　　科幻题材的创作不同于单纯的现实题材创作，科学是科幻小说力量的源泉。但科学之美同传统的文学之美有着完全不同的表现形式，科学的美感被禁锢在冷酷的方程式中，普通人需经过巨大的努力，才能窥见它的一线光芒。但科学之美一旦展现在人们面前，其对灵魂的震撼和净化的力量是巨大的，从某些方面来说是传统文学之美难以达到的，而科幻小说，正是通向科学之美的一座桥梁，它把这种美从方程式中释放出来，展现在大众面前。《大地悬浮》作为一部科幻小说，它不但表现一种生态价值，更焕发出了一种科学之美。

毫无疑问，作者在创作这部小说前，一定是下了大功夫的。单单是了解和积累"立体农业"这方面专业的知识，就要费很大的精力和时间。从这方面讲，作者的创作态度是值得赞扬和肯定的。《大地悬浮》还有一位第二作者明涛先生，我想他应该是从事立体农业方面工作的专业人士，他对这部科幻小说应该提供了专业方面的指导，在文学与科学的结合下，才诞生的这部题材独特的作品。

作为长篇小说，《大地悬浮》的结构不是很复杂。它有一明一暗两条线：一条明线是吴永和、史乾坤等人从事立体农业科研的经历和遭遇；一条暗线是国外一些农业机构对神农管家科技有限公司的觊觎、渗透和破坏。这以主人公吴永和的个人情感为脉络，带了一种经济间谍的味道。在习惯性的阅读期待中，我更期望这部科幻小说的情节有些波澜，有些曲折。但通篇读完，略显平淡。也许是篇幅的原因，一些情节的过渡显得仓促，情节和人物活动都不够细腻。因为小说的开头是采用了设置悬念的方法，很有代入感，所以我一口气读完了这部小说。读到最后，很期待作品里的两位间谍常慧芯和杨小新最终的结局。但小说带着一种理想主义的色彩戛然而止，让人感到意犹未尽。

想起王安石的一句诗："遥知不是雪，为有暗香来。"

CONTENTS

目录

十年之后

　　夜幕尚未散尽，太阳从坤仑山背后射出无数道金光，越过立在山脚的钱寿义的头顶，照射在坤仑城的上空。阳光与 LED 灯发出的光交织在一起，泛出奇异的七彩光芒，仿佛现实与梦想碰撞出的绚丽火花，在空中恣意地绽放。这种空前绝后的视觉冲击，是大自然力量与人为努力的神秘结合，完美得让人无法企及，更无法掌控，捉摸不透，见过无数大风大浪的钱寿义，此刻被震撼得前所未有地虔诚、敬畏。包裹在灯火中的月牙湖，如同一面发光的魔镜，倒映着四周立体工厂映射出来的绚丽光芒，似一颗熠熠生辉的巨大蓝宝石，镶嵌在三千多平方千米的新兴城市——坤仑城正中央，神秘、美轮美奂。

　　很快，太阳从山背后跃了出来，坤仑城褪去了夜幕蒙上的神秘衣裳。天空变得纯净、蔚蓝，湖水清澈，透着温暖的亮光。四周的别墅、绿树，荡漾在湖水里，晶莹剔透，如清水洗过的画卷。风起，湖面掀起层层波浪，伴着跳跃的阳光，一路追逐，一路嬉戏。月牙湖是纯天然的湖泊，碧绿的湖水从地底下涌出来，绵绵不绝。湖周边茫茫的戈壁、沙漠，已被整个坤仑城覆盖，一座座立体农场，如雨后春笋般从沙漠中冒出来，立于茫茫天地间，格外雄伟、壮美。

坤仑城的规划呈放射状往四周分布，靠近月牙湖是坤仑城的市中心，四周聚集了坤仑城所有的居民。各种超市与游乐中心穿插其间，缺什么，一按手机上的 App，自有机器人给送过来，路途稍远一点的便有无人机给你送到家里。想带小孩去游乐中心玩，按一下手机上的 App，就会有无人驾驶的飞行汽车自动开到你面前，载你到你想去的地方。居民区外围是景观带，修建了许多自然风景，有假山、有亭台、有回廊，以前见不到的花草树木，现在都被移植到这儿。月牙湖的左边，靠边缘地带修有 6 线来回高速公路，载重卡车满载各种货物来回穿梭。右边靠边缘地带开通了 6 线来回高速铁路，高铁像水中游弋的鲨鱼，载着坤仑城生产的大批农产品驶向无际的远方。坤仑山脚地势较高的地方，建了风电厂、太阳能发电厂、核能发电厂、火电厂，还有余物发电厂。因了这些发电厂，立体农场的加温及制冷问题从不用担忧。前面有一大片太阳能带，是立体工厂能源的强力补充，它完美填补了风能、核能、火电厂的不足。三千多平方公里的新兴城市，余物特别多，处理起来是个很棘手的问题，大部分余物都被利用起来发电。不管是火、天然气、煤电、余物发电，所产生的二氧化碳又重新回收给植物吸收。立体农场全都是封闭大楼，发电厂产生的二氧化碳解决了大部分问题。坤仑山脚往下有个斜坡，红星河绕几个弯后从中穿过。在坤仑城另一边，左右各建了一个机场，一边是货运，一边是客运。城里集约化立体农场沿着景观带边沿呈放射状往外分布。农场外围有种植场、养殖场、化工废料处理厂，还有牧场，依靠工厂里面的部分余物养殖，相隔一定的距离就有屠宰场、食品加工厂。城市的边缘是固沙防护林带，密密麻麻的树木正茁壮地往上生长，整个坤仑城布置如同一轮光芒四射的太阳，散发着它独有的、旺盛的生命力。

钱寿义正凝眉神思间，前面有辆小汽车朝自己飞奔而来。他脸上露出会心的微笑，他感觉应该是自己的贴身秘书常慧芯来了，这个时候，他非常需要有个人同自己分享。小汽车从鱼菜共生区、动植物共生区那边拐过来。这里的立体种植场井然有序，分门别类，每一片区都是全自动化系统装置，机器人全程操控。钱寿义想了解情况，只要一点手机屏幕，程序就会自动解答他心中的疑惑。哪一片区、哪一种植物出了状况，系统会第一时间把消息反馈到片区负责人的手机上，管理人员可以在手机上随时掌控和操作立体农场里面所发生的一切。眨眼间，车在眼前徐徐停下来，钱寿义迎上去，下来的并不是秘书常慧芯，而是与自己合作多年的伙伴吴永和。

"老钱，大事不妙。"吴永和迎上来忧心忡忡地说。凭直觉，他感到会有重大事情发生，但现在一时还把握不定会有什么具体事情在前面等着。吴永和把手机递给老钱，上面有一条十几分钟前收到的信息："蔬菜片区的机器管理员没有及时调节好光照、温度、湿度、二氧化碳的浓度，造成大批蔬菜枯萎。"收到这条信息，吴永和第一反应不是问题的本身，而是担心这个问题的背后。按理，这种信息应该不会直接反馈到自己的手机上，管控程序一向很严密，第一时间接到这种信息的，应该是蔬菜片区的管理人员，片区管理人员解决不了还有基地负责人刘达飞。现在程序直接跳过他们，把信息传送到自己手机上，是管理人员的手机出了故障？还是整个蔬菜片区的系统装置出了问题？或许是其他别的原因？任他绞尽脑汁，也无法立刻得出结论，这一路上他焦急地思考，见到老钱，吴永和紧张的心情有了少许的放松。终于找到可以倾诉的人，虽然老钱不懂技术，但他终于可以把自己的担忧和盘托出。

没等钱寿义答话，又有一辆飞行汽车在他们俩眼前慢慢停下来。车门打开，史乾坤急急地从车上跳下，直奔他们而来。

"老钱，老吴，出事情了！"史乾坤说了这一句之后，接下来又不知从何说起，他心里装着一大堆问题，却不知道怎么倒出来。他们仨互看了一眼，都感觉出彼此心里沉重的顾虑。史乾坤把他的手机递过来，同样的信息，同样的内容，与吴永和一分不差的时间收到。他们俩查了发送方，却不是同一个人发送的，或者根本不是人发送的，而是用系统统一编辑发送的，这里面存在很多的蹊跷。坤仑城是他们几个用半生的心血创造的一座农业神话王国，是他们在第二套方案基础上制定的"月牙湖畔"星光城方案。从规划到建成到投入生产，从来没出现任何问题。农作物从播种到成长到收获都是系统自动安排，机器人按程序操作就好。偶尔出现一点小故障，信息都是有条不紊地一级一级传递，往往第一时间在基地片区管理人员手上就已经解决。这种问题根本到不了基地负责人员刘达飞手机上，更何况他们两个顶级的管理人员。吴永和与史乾坤这对十几年的老搭档，一向配合相当默契，此刻却乱了阵脚。从最开始的神农管家科技有限公司开始，面对问题时他们俩从来都是拧成一股绳，所向披靡。那时史乾坤是神农管家科技有限公司的首席技术官，吴永和是这家公司的创始人，他们一直奔波在立体农业这条路上。他们俩不敢掉以轻心，这段时间，成功的喜悦让他们变得有些麻痹大意，莫非有人乘虚而入？

"不要慌，慢慢来，这么多难关我们都闯过来了，总会有办法的。"钱寿义安抚着他们俩的情绪，看似镇定自若，脑海里却闪过无数疑点，而且莫名其妙地跟常慧芯连在了一起，内心不免泛起了一阵惊慌。钱寿义看着神农管家科技有限公司一步一步从无到有，从起步到慢慢变得强大起来，到后来他们共同创建新的公司，每个阶段，无论在经济上还是精神上，钱寿义与他们都成了一个不可分割的整体。立体农业一旦出了问题，他们所有人的心血都将付之东流，他们的农业帝国神话将灰飞烟灭。

"你们叫上刘达飞一起，一道程序一道程序地排查，不要急，再难的事情也总会有解决的一天，我先去处理一下别的问题。"钱寿义对吴永和与史乾坤说。

"好，我立马叫他。"史乾坤拿起手机，对着屏幕直呼刘达飞。

"听到，什么事？"刘达飞的脸迅速出现在屏幕上。

得到消息，刘达飞火急火燎地赶来，他们仨一起往程序控制室走去。每次面对难以解决的问题，他们仨都是心往一处想，劲往一处使，毫不含糊。到了控制室，他们全投入紧张的工作中，仔仔细细地把控制程序的每一个指令从头到尾核查了一遍。奇了怪了，这么用心地排查，却找不出任何破绽，每个程序都在条不紊地工作着。他们仨立在那儿，有点蒙了，没有问题往往是最大的问题，他们仨心里都明白，问题的棘手程度是难以捉摸的。也许负责片区的工作人员手机出现故障？刘达飞明知道这种问题不可能出现，但还是抱着一丝幻想要确认一下。他们一一排查，所有关联人员都问到，可每个人的手机都好好的，没有任何故障，他们所抱的幻想转瞬破灭。于是他们仨把只要有可能会发生问题的地方，再一次认真仔细地排查，最后还是令他们失望，一点蛛丝马迹都找不到。越是这样，越令他们恐惧，因为他们无法预料究竟会有什么事情要发生，谁都不敢去想象，三人呆立在那儿，一动不动，陷入沉默。

"很有可能有人已破解我们的程序密码，或施放强电磁波进行干扰，造成信息的中断或错乱。"史乾坤从思索中抬起头，对另外两人说。

"我也有这种直觉，但对方是何方神圣？他们要用多大的能量与技巧才能跟我们抗衡，这样做的目的何在？"吴永和明显感觉有人在背后使劲，但他不敢，也怕朝这方面去想，他陷入痛苦的思索中，这话与其说在问别人，不如说是在问他自己。

"显然，我们现在的立体农业已居于世界前列，一点不担心外界力量的干扰，但也不得不防，怕就怕他们找到一个突破口暗中下手。"刘达飞把自己的想法提出，吴永和与史乾坤两人也正有这方面的顾虑。

"走吧，我们去源头查查。"吴永和建议道。

吴永和在手机上叫了一辆飞行汽车，输入了目的地，他们一行三人坐着无人驾驶的飞行汽车到了坤仑城最北端的基地，那是整个立体农场和集约化工厂的核心所在。站在基地的最高处，面对自己创建的规模化立体农业园区，吴永和感慨万千："自己一生的梦想就是让粮食与蔬菜上楼生长，让人类回到地上呼吸，解放被桎梏的灵魂，回归人的天性。现在终于实现了，却又即将面临新的挑战。"他们仨共同打拼这么多年，面对困难都习惯性地把心拧在一起。面对过太多的挑战与攻击，他们从没畏惧过，这种时候他们谁都不敢掉以轻心。

美好的一天

一觉醒来，已是十点，林可馨摇摇发蒙的脑袋，不知道自己身在何处。定了好一会儿神才清醒，今天是周日。阳光从窗外照射进来，洒在床前，屋子里装满了明媚。她突然记起昨天吴永和说过，要陪自己一起去月牙湖畔散步的。一翻身爬起来，满屋子找，楼上楼下，每个角落都找遍了，连地下车库都没放过，可家里根本没有吴永和的影子。一准又是去了基地，林可馨习惯性地撇了撇嘴，没有失望，但也自觉没趣，自从搬到新建的别墅区后，吴永和陪伴自己的时间多了，但只要基地有事，他便会立马飞奔而去。

"菲儿，取点牛奶和蔬菜。"林可馨窝进沙发里，吩咐着家用机器人。

"夫人，蔬菜已经不够了。"家用机器人回道。

"好的，知道了。"林可馨回复家用机器人。

林可馨摸到手机，搜索着最近的立体工厂，点开蔬菜部分，翻看着农场里面每种长势正旺，即将"出阁"的蔬菜，看着那些绿油油黄澄澄的让人欲罢不能的食材，她忍不住一阵狂点。辣椒、青瓜、茄子、萝卜、西红柿、花菜、紫椰、土豆，这个也想要，那个也想买，点了满满一屏才肯罢休。选定好，她在手机屏幕上认真地看着机器人去采摘、打包，然后安排无人机直接送上门。接着她又搜索水果部分，翻看着农场里面那些成熟的水果，她选了一大堆，樱桃、草莓、蔷薇果、香瓜、葡萄、猕猴桃、杨梅、红毛丹，一看就让人垂涎三尺。翻了翻，还想选，于是又给史乾坤家和刘达飞家选了好些水果，看着机器人一样样采摘打包，然后安排无人机送货。林可馨这才抬起头来，抻了抻被压得有点酸痛的脖子，双手捶了捶腰，有种收获的满足感。

"可馨，在家吗？"林可馨正要起身，常慧芯进了院子。

"才起来，正准备吃点东西，你要不要来点？"见常慧芯来，林可馨很兴奋。

"不了，我已经吃过了，你吃，我在这儿等，吃完咱们一起出去走走。一直忙，都没时间来看你，怎么样？最近还好吧？"常慧芯边回话，边往屋里走。

"快去给弄点吃的。"林可馨一边吩咐家用机器人，一边拉着常慧芯的手跟她聊起来，有一段时间没见，似乎有一肚子的话要向她说。

"夫人，早餐准备好了，请慢用！"家用机器人把早餐与碗筷摆好。

林可馨三下五除二把自己的胃给填满。趁着阳光正好，她跟常慧芯手拉着手去外面溜达。以前常慧芯经常往这儿跑，有一点时间就会跑过来看看自己，一段时间没见，彼此之间有点疏离感。但也只是那么一下，随着她们俩边走边聊，那种熟悉的亲切感很快又恢复如初。

阳光在树上编织成无数条金线洒下来，落在林可馨的头上，也落在常慧芯的头上，她们的头发泛着金色的光芒。鸟儿在树上叽叽喳喳欢叫，小孩呼朋引伴、成群结队地玩着自编的游戏，时不时地蹿到她们的身旁。林可馨很认真地看着小朋友玩着各种各样的游戏，脸上不自觉地露出会心的微笑。月牙湖周围都是别墅区，一排连着一排，一户挨着一户，大人们可以互相串串门，声音未到人就进了屋。小孩们可以聚集到一起尽情地玩耍，隔着墙头，他们就能叫到自己的伙伴，可以一起学习，也可以一起做各种各样的游戏。此时，一大群小朋友正沉浸在自编的游戏中，自由自在，完全放飞了自我。望着他们，林可馨仿佛又回到自己的孩童时代，心随着他们飞扬，身体不自觉地跟着他们动起来。常慧芯在一旁同她说话她压根没听见，她快乐得完全忘了自己。有熟人见了，扯大嗓门对她喊，老大声，林可馨才听见，赶紧充满歉意地回着人家，然后停下来跟他们东家长西家短地随便聊聊扯扯。

　　"可馨，你最近状态比上次我见到你时又好了许多，看来老吴对你的照顾真的非常不错。"常慧芯拉着林可馨往东边走，靠月牙湖近些，安静，她想跟可馨单独聊会儿。

　　"是的，老吴对我很用心，照顾得很周到也很仔细，不然，我的病也不会这么快好。谢谢你对我的关心。"林可馨一边回着常慧芯，一边随着她往湖边去。

　　"老吴也不容易，要忙工作，还要忙着照顾你，真心是个不错的男人。"常慧芯很羡慕地望着林可馨。

　　"你也会遇到一个真心待你的人，缘分到了，一切自然就会如你意的。"林可馨边说边看着她，常慧芯是一个事业心很强的人，很少见她柔弱的一面，林可馨这一刻倒有些同情起她来。

常慧芯喜欢林可馨的单纯、善良，跟她在一起，永远可以不设防，也不用去考虑什么该说什么不该说。她的眼睛如蓝色的海，可以包容你的所有，只要有时间，常慧芯就会往林可馨这儿跑，不光是为了心中的一些目的，更是为了一种柔软、真挚的友情。

拐过弯，未走几步，一辆飞行汽车直冲她们俩而来。她们越有意避开，那辆车越朝她们开过来，最后竟在她们身边缓缓停下来。正待她们俩好奇到底是谁的时候，钱寿义从车里下来，他一把拉过常慧芯："走，我找你有事，快！"

看到她身边的林可馨，钱寿义转过头很歉意地对她说："我们有点事，先去处理一下，不好意思，把你一个人丢下了，下次再补偿。"钱寿义边说边拉常慧芯上车，他们俩带着歉意对林可馨挥了挥手，然后车飞驰而去。

"到底什么事？这么急，我好不容易跟可馨聚一次，还没来得及好好聊聊天呢，你就强行把我拉走，懂不懂得尊重别人？"车子启动后常慧芯盯着钱寿义的脸质问道。

"我正想问你到底要干什么？"钱寿义脸上是从来没有过的冷峻、严肃表情。

"我正跟可馨好好地散步聊天，你硬把我拉回来，什么事也不说，还问我要干什么？"常慧芯杏眼圆睁，显然非常恼怒。

"不就是想你了吗？"钱寿义黑着的脸缓和下来，他把内心的许多疑惑暂时压了下来，只是凭感觉不能解决任何问题，他改变了刚刚冷酷的方式，一把抱过常慧芯。

常慧芯挣扎了一下，没摆脱，但感觉浑身很不舒服。两人刚刚还是对峙状态，这突然的改变让她一下没法适应，况且钱寿义对她的拥抱明显没了往日的柔情，生硬得像老鹰抓小鸡般，强硬中带有一种狩猎般的急迫。常慧芯转过头盯着钱寿义的脸，一动不动，她在心里揣摩眼前这个男人，他的内心深处到底隐藏着什么东西？钱寿义的态度转变得越快，让她感觉越有问题，一时摸不清这其中的缘由。是怪自己打扰了林可馨？不可能，以前自己也经常去看望她，他也没有半点不同意见。难道是他发现了什么别的？常慧芯眼里滑过一丝惊慌，瞬间，她又恢复了平静。尽量让脸上的肌肉松弛下来，身子也不再抗拒，像条苏醒的蛇一般，抻长脖子迎上去："我也想你了。"说着双手伸过来搂住了钱寿义的脖子。

钱寿义紧紧抱住常慧芯，把她的脸摁进自己的怀里，这样她就再也看不到自己的表情，自己也不用再伪装自己的情绪，他轻轻地舒了一口气，放松面部表情。这个女人跟了自己五年，行事风格、对自己的感情绝不怀疑。但现在，他感觉他们之间有一层轻纱般的东西隔着，哪怕紧紧地抱住了对方，却又摸不透，深入不了。以前，钱寿义以为是男女之间正常的较量，正是这种较量与神秘感，让他对常慧芯永远保持着一种新鲜感。此刻，钱寿义却对这份神秘感、新鲜感产生了恐惧，他盯着常慧芯的头发，感觉到了从来没过的陌生。

下了车，钱寿义收住自己的心神，像往常一样，搂住常慧芯往她家里走去。常慧芯家离居民区较远，这里环境优雅，特别宁静，平时出入也不太引人注目，关键是常慧芯特别喜欢，钱寿义当时就毫不犹豫地买了下来。

"找我真的是因为想我了？"常慧芯盯着钱寿义的眼睛还在不停

地探寻，女人的第六感让她有种隐隐的不安。

"是真的。"钱寿义很肯定地回答。虽然他感觉他们之间这一刻已明显少了往日的默契与激情，隔着再多的沟壑，钱寿义都不管，他想到的是自己来找她的目的，别的已顾不了那么多……在钱寿义的强势进攻之下，常慧芯已完全不能自已，把自己彻彻底底地交给了身边的这个男人。

钱寿义醒来时已是下午，他把常慧芯的身子从身边轻轻地挪开，悄悄地下了床。打开常慧芯的电脑，一个文件一个文件地搜索，一遍又一遍地搜索，但没有一丁点的收获。第一套方案是自己有意透露给她的，那是他和吴永和几人故意设的一个迷魂阵，为的是神不知鬼不觉地进行第二套方案。结果他们几个也成功从第一套方案里脱壳而出，圆满完成了在第二套方案基础上设立的"月牙湖畔"星光城方案，从设计到建造各方面的配合都非常完美。按理他是不应该怀疑常慧芯的，因为第二套方案连自己都不知道，只有林副省长、吴永和与史乾坤才知道，他们仨一手创立、一手操办的，自己也只是做做配合、协调及资金的招募工作。但许多疑点让钱寿义不得不怀疑，商业的敏锐及直觉让他有种强烈的预感，常慧芯有可能窃取到了第二套方案，并在实施过程中暗自做了手脚，但他找不到任何证据，常慧芯电脑里一点蛛丝马迹都没有。

钱寿义不再做徒劳的努力，他关掉电脑，重新回到床上，躺在常慧芯的旁边。如果真是这样，她也不会傻到把资料存进电脑里，让人抓住把柄。钱寿义静静地盯着她的后脑勺，这个谜一般的女人，这个让他爱得提心吊胆，却又恨不起来的女人。

常慧芯睁开眼，翻过身，看着钱寿义正睁着双眼盯着自己，有点心虚，很快撒娇道："我饿。"便一把抱住他来掩饰自己的情绪。

因为一直盯着，钱寿义捕捉到了常慧芯眼里的那丝情绪，更加坚定了自己的想法。但没有证据，他不好确定，只能用微笑来掩盖自己的怀疑。钱寿义马上吩咐家用机器人给她端上新鲜的水果，并叮嘱家用机器人去做些常慧芯爱吃的菜。

回到时光隧道

在浩瀚的农业王国里，吴永和、史乾坤、刘达飞他们如同三条被放生的鱼，在水里自由自在地游弋着、搏击着。一场暴风雨就要来临，他们仨内心都强烈地预感到，问题出在哪儿虽然并不明朗，但他们不得不积蓄一切力量、使出浑身的解数准备迎战。

"走，去实验室，一定要找到当年我们制定的《亩产千吨纪年表》和《亩产千吨需实现的技术点》等资料，一项一项仔细地查查，说不定我们就能发现问题所在，会清楚这一路走过来到底是哪个环节出现了纰漏。"吴永和沉下心来想了想，突然对着他们俩说道。

"心之所向，身之所往，终至所归。搭上时光机，你将去向任一你想去的世界。"一到实验室，吴永和脑中梦呓般地突然响起这句话，那是时光隧道管理者的话。他记起自己曾查过有关平行世界的资料，梦是处于另一世界的你正在做的事，梦里所发生的各种情节，都是在另一个平行世界中所发生的，因为脑中的某种特殊的电磁波传送到了大脑中，最后形成了我们梦中的情节。莫非另一世界的自己也在做着同样的事？他心里疑惑着。

"不，我们要回到时光隧道，快快地回到时光隧道，要去找寻当年制定的《亩产千吨纪年表》和《亩产千吨需实现的技术点》等资料。"吴永和突然像被人施了魔咒般在心里一直默念着要回到时光隧道。实验室的光瞬间消失。

突然间，天地混沌，一片昏暗，风夹带着雨飞沙走石般地卷过来。吴永和、史乾坤与刘达飞越想弄清楚方向，越被卷进旋涡里无法自拔。有个声音从旋涡的深处响雷般地滚出来："世界是永恒的，有无相生、道生万物、生生不息是天地之根本。"这声音很熟悉，似乎在哪儿听过，是时光隧道管理者，一定是，一种强烈的预感让吴永和无比兴奋，他能真真切切地感受到有神秘的力量在向自己慢慢靠近。

迎着声音的方向，他们仨艰难地往前，突然发现前方有一点光，忽明忽暗，像萤火，又不完全像。是第四隧道的入口，对，第四隧道，入口处有一个轨道望远镜。当吴永和用手一触摸到那个望远镜时，心里一阵狂喜。"停！停下来！就是这儿。"他对着另外两人一遍一遍地喊道。

在轨道望远镜里，他们用心找寻，一点细节都不放过。突然，在一个山洞一般的地方，有一个奇怪的黑点，那黑点越来越大，似乎要向他们飞射过来。"我们要找到当时立项的各类资料。"吴永和在心里不停地默念着。黑点慢慢靠近，在离他距离不远时，火速飞到眼前，唰的一声停住，光影交换中，当年制订的表与计划及一切资料，像幻灯片一般在眼前一一呈现。他们三双眼睛不约而同地相互注视，继而激动又凝重地转向正在展现的大纲。

亩产千吨纪年表

年份	议题	备注1	备注2
第1年	成立议题小组，组建线上讨论小组形成各种讨论意见		
第2年	提出思路、模式、方法、目标；推动海湾区成立亩产千吨产业促进协会或联盟及战略和技术研究院		
第3年	实现实验室及实验仓，以模拟立体种植生态条件，为实验、试验立体种植创造研究条件；研究选定合适的立体种植的备选物种10~20种，研究出优化方向，生长条件、光照光谱、设备的配套要求等		
第4年	实现植物种子阶段，胚胎阶段内基因编辑技术的突破，可编辑大量不同片段的基因，并且各选定物种的特性对应基因被找出		
第5年	实现了实验室及实验仓内的立体种植技术，并发现其潜在问题点		
第6年	实现示范点中1~10亩工业化立体种植的机械、传感、控制、物种的试验和示范，各种区域条件下的多点试验示范，东南西北各种不同区域条件下多点试验示范，相关余物处理技术		
第7年	实现了对CO_2大规模补充技术的突破，对氧气、VOC大规模排出及收集的技术突破		
第8年	实现了对中规模土地集中，置换、资本产业的承接、政策法规的配套，广大农民、产业商人、科学技术人员、政府官员的广泛认知和认同		

年份	议题	备注1	备注2
第9年	实现了大规模立体种植中植物感染真菌、病毒的清除；实现了产出、物流、销售、仓储、余料物利用；有效管理一系列新的立体种植的社会系统和生态系统		
第10年	大规模基建（含：土地、收集、建筑、标准、机械设备、技术体系）开始在不同地区规模化展开（每一地区立体占地1000~10000亩，相当于10万~1000万亩立体种植基地）；在北疆境内的月牙湖畔，红星河沿岸，展开大规模工业化立体种植		

亩产千吨需实现的技术点

年份	技术点	成本预算	研发成本	周期	备注1	备注2
第1年	模拟立体种植实验仓技术及装备，体积约10~100m^3	设备成本：100~500万/套	3000万	1~2年		高低温实验箱厂商、大学农学专业、亩产千吨产业联盟
第2年	大规模立体种植的建筑结构、立体布局、研究仿真	目标建筑成本：1000~3000元/m^2	1亿~2亿	3~5年		地产、建筑公司、大学农学专业、亩产千吨产业联盟

年份	技术点	成本预算	研发成本	周期	备注1	备注2
第3年	大规模立体种植的自动化、智能化和机械设备研发	每套成本：100~1000万/套	1亿~2亿	3~5年		机器人产业、自动装备、大学农学专业、亩产千吨产业联盟
	完成研究选定合适的立体种植的物种10~20种，优化方向，生长条件、光照光谱、设备的配套要求等	相关物种名称及立体种植要求表	1亿~3亿	2~3年		大学农学专业、亩产千吨产业联盟
	X技术	×××	×××	×××	×××	绝密
第4年	在植物胚胎阶段实现基因编辑技术，人工编辑优化植物基因的技术、非自然授粉，可大大加快基因优化，筛选的时间周期；完成物种选择，种植参数测量，基因优化	基因优化后种子成本：50~500元/每kg	3亿~5亿	2~4年	研发具有不确定性	基因公司、大学农学专业、亩产千吨产业联盟

年份	技术点	成本预算	研发成本	周期	备注1	备注2
第5年	二氧化碳低成本富积技术，为立体种植提供足够的CO_2，而不完全大规模靠自然空气进行交换与获得CO_2	富积CO_2成本：20～200元/m^3	0.3亿～2亿	3～6年	研发具有不确定性	化工厂、压缩空气公司、膜技术公司、亩产千吨产业联盟
第6年	排氧技术、排VOC技术，将立体种植空气中的富氧和富VOC低成本排出技术	排氧排VOC成本：200～2000元/m^3	0.5亿～2亿	3～5年	研发具有不确定性	化工厂、压缩空气公司、膜技术公司、亩产千吨产业联盟
	Y技术	×××	×××	×××	×××	绝密
第7年	立体种植植物病害防治技术；大规模立体种植，会产生平时野外种植不会出现的新的真菌、病毒等特殊大规模危害，研发预防治理（技术、药物），研发病虫害识别技术、动态在线检测技术、防治技术、防治药物	防治费用：0.1～1元/m^2	0.5亿～1亿	5～7年	研发具有不确定性	化工厂、农药公司、大学农学专业、亩产千吨产业联盟

年份	技术点	成本预算	研发成本	周期	备注1	备注2
第8年	节能技术,在大规模立体种植中,使用热源、冷源、光源、机械运动,配合外供电、波峰波谷,将种植场地的用电和电网进行智能化联动,在节约用电的同时,平峰填谷		0.5亿~2亿	5年		风电公司、太阳能公司、电力公司、亩产千吨产业联盟
第9年	Z技术	×××	×××	×××	×××	绝密
总计			8.1亿~19.3亿			

亩产千吨相关的名词解释、物理单位

序号	名词	名词解释	备注
1	亩产（年亩产）	指自然种植条件下不应用大棚技术,但可利用地膜覆盖技术、基因优化技术,可使用移栽技术、嫁接技术,也可以使用化肥、农药促长素或者促长剂,正常的土壤种植条件下,农作物一年可利用部分,如果实、根块、茎叶等1亩可产出的重量,年亩产单位是kg/亩	

序号	名词	名词解释	备注
2	立体种植	利用建筑结构在占地1亩的情况下，使种植向空中拓展，利用人工条件、机械装置、智能控制，实现农作物多层种植或垂直种植或反重力种植，一年内多季次种植，24小时多次昼夜变化等技术进行的植物种植	
3	立体种植条件下的单位面积单季产量（季米产）	在立体种植条件下，单位面积如：$1m^2$垂直投影面积下，植物在一季（播种、发芽、生长、收获）内的有效可利用部分（根茎、果实、根块、茎叶）的产量，单位kg，面积m^2，立体种植下的单位面积、单位产量、名称用季米产，单位是kg/m^2	
4	立体种植条件下单位面积的年产量（年米产）	在立体种植单位面积单季产量的这个基础上，计算一年的单位面积总产量为这个立体种植条件下单位面积年产量，年米产单位是kg/m^2	
5	立体种植条件下单位农作物光照能量密度	公式：$P=\int_0^\infty h\cdot\varphi\,(f)\cdot df/\int_s ds$ w/m^2	
6	单季光照的能量	公式：$E_季=\int_0^{1季} p\cdot dt$，焦耳；	
7	光照的能量全年	公式：$E_年=\int_0^{1年} p\cdot dt$	

序号	名词	名词解释	备注
8	光电转换率	人工发出的光转换成能量，与输入的电能量之比，就是每度电发出来多少光的能量的转换效率：δ（光/电）$= E_光 / E_电 \cdot 100\%$	
9	光转换成碳水化合物的转化率	把输入的光电能量，光照能量，转换成碳水化合物的化学总能量，种植过程中营养液带来的化学能：$\delta = E_{碳水化合物总能量\ 光} / E_{光电能量} \cdot 100\%$	
10	转化率	净光能转化成碳水化合物转换率就是扣除营养液带来的是化学能，电光能量：δ（净光转换率）$= E_{净光能转换的碳水化合物} / E_电 \cdot 100\%$	
11	总电能转换成碳水化合物的转化率（季）	一个生产季度内，碳水化合物的总能量：δ（总碳水化合物能量/总电能）$= E_{碳水化合物（季度）} / E_{电（季度）} \cdot 100\%$	
12	总电能转换成碳水化合物的转化率（年）	年总电能：δ（总碳水化合物能量/总电能）$= E_{碳水化合物（年度）} / E_{电（年度）} \cdot 100\%$	
13	电消费（季）	电的消耗对于当季的农作物的有效部分的产量，单位是：季度有效碳水化合物重量/季度消耗电能 kg/电（度）	
14	电消费（年）	年总的电能：年度有效碳水化合物重量/年度消耗电能 kg/电（度）	

向专家提出的问题

问题	备注
1. 纤维、淀粉、脂肪、蛋白质在分子式、分子结构、元素组成,总化学能方面的值和差异?	典型物种:花生、大豆、芝麻、菜籽、土豆、红薯、玉米、大米、小麦
2. 纤维、淀粉、脂肪、蛋白质在分子量分布、分子式分布?分子结构的分布?	
3. 花生油、芝麻油、菜籽油、橄榄油、豆油中脂肪、蛋白质的分子式、分子结构的区别?分子量、分子式分布?	
4. 花生、芝麻、菜籽、橄榄、黄豆具有不同食用特性,这些不同特性对应哪些基因调控,是否可以找出?费用多少?国内有哪些机构可以做此研究?	
5. 要实现测试一个农作物的光照周期,需要哪段光谱照射?照射多少?不能缺什么光谱?需要多少经费和时间?国内有多少机构可以做此测试研究?	
6. 有土种植、水培种植、空气种植是不是不同植物影响不同?有没有这方面的研究成果可以找到?	
7. 哪些物种在人工种植条件下更合适?哪些物种特别适合立体种植技术?是否已经有研究报告可以参考?	
8. 如果要列出一个立体种植的物种备选清单,请您列出: A. 直接适合立体种植的物种清单(植物名称) B. 需要进行基因优化后可以立体种植的清单(植物名称)	
9. 东北黑土地中,含有什么与一般土壤不同的化学物质使其成为黑色?	

星星点点的光斑在资料上聚拢，然后又像蝴蝶般飞散开去，没多一会儿，资料全隐没在光斑里，他们仨极度兴奋。

"一定有条秘密通道，在我们肉眼看不见的地方，它能助我们一臂之力，在过去、现在、未来之间随意切换，让我们掌握到已知的和未知的人生秘诀，回顾我们曾经走过的每一步，也能预知到我们将要抵达的未知世界。

"再试试，说不定我们能把世界翻转过来，从头查到尾，看到我们的问题所在，也能清楚问题到底出在哪一个环节。"吴永和说。

"找到时光轴，在时光轴上我们才可以随意切换时间，才能进入不同时期的世界。在平行世界里，我们想要做的事都可以做，想要实现的事情都可以实现。我们可以看见自己和别人生命中不同阶段的自己。"史乾坤一边找一边说。

沿着第四隧道的边沿往里，在接口处有一个风火轮般的光斑，三人决定不顾一切往前闯。他们仨的身体一靠近光斑，整个人旋转起来，天昏地暗，完全没了方向。待他们清醒过来，才发现已经到达了生命的另一段接口。

两年之前的丹麦之行

　　登上飞机，吴永和感到特别松弛，飞机一震，开始启动，吴永和瞬间感觉自己骑上了一只大鸟，正欲展翅高飞。窗下的草坪、围栏在迅速远去，一朵朵晶莹剔透的白云迎面飘来，如入仙境。他突发奇想，要是在这些云朵上也能种上粮食蔬果，那该是件多么美的事情。他想象着自己周围全是绿油油的植物，人如在画境中游走，悠闲自在。即使在 2020 年末这样的时期，也不用担心粮食的问题，伸手便可摘取水果、蔬菜，身边游走的农作物，随时可以收割。

　　飞机降落的时候，吴永和想到即将看到自己心心念念的垂直农场，心情特别激动，内心竟然有些莫名的紧张。踏上丹麦的土地，吴永和并没有直奔目的地，他想让自己的心情放松一下，准备先随便走走。他一边走一边回味刚刚在飞机上那种绝妙的心境，要是农作物能在空中随处生长，那该多好。想着想着，竟忘了眼前的路，一辆公交车停在了面前，吴永和的脚不自觉地踏了上去。他没想过要去哪儿，坐在车上，漫无目的，任由车把他载向任一地方。车开到哥本哈根市中心时，吴永和被周边时尚的商店与古老的建筑所吸引，脚不听使唤地下了车。

　　这里应该是整座城市的"心脏地带"。吴永和从东边的国王新广场往前走，步入步行街，第一条街具有众多古老建筑，沿街走到步行街的"心脏"中心，有个大型露天广场——阿拉灯布的那不拉街广场。吴永和完全沉浸在精美的建筑中，陶醉其中忘了周遭的世界。突然，一次无意的抬头，吴永和发觉有个影子从身边一晃而过，他转过头，用目光去搜寻，却什么都没有。起初他以为是自己眼花，没在意。过了不久，他第二次感觉到那个影子的存在，心里纳闷，在这里既没有熟人朋友，也没有旧相识，更没有与谁结下过任何恩怨情仇，怎么会有人跟踪自己，吴永和心里开始莫名恐惧，难道是半路有人盯上了自己？还是自己飞机坐久了眼花？他一时难辨真假。只好放慢脚步，走走停停，感觉后面那个影子也走走停停，完全是跟着他的步伐。待他猛一回头，那个影子好像故意跟自己捉迷藏般，没有任何踪影。

　　吴永和拐过阿拉灯布广场，他想把那个影子甩掉，便一直往前穿过"提拉布斯街"，提拉布斯交叉处是一个长方形广场，其右边的一半叫作"老约翰广场"，左边的一半叫作"新约翰广场"，步行街即从这两个广场的正中间穿过。吴永和出了广场，并没兴趣往公园去，直到感觉自己已经甩掉了身后那个影子，他信步往前，在一家小店前停下来，一边买香烟，一边悄悄地用余光环视周边，他确定那个影子不在身边，而且目光所及之处空无一人，一颗悬着的心才终于放了下来。

　　走了那么久，吴永和有些累了，他找到一家咖啡厅坐下来，与其说是休息，不如说是让心安静一会儿。他眼里享受着哥本哈根美丽的景色，心情却怎么也美丽不起来，刚刚那个疑团在心里，始终无法解开。他一边喝咖啡，一边漫不经心地环顾四周，他生怕那个影子鬼神般突然又从哪个地方冒出来，环视了许久，确定周围安全，他才放下心来。

到了事先预定好的酒店，吴永和随手翻开身边的地图，他在地图上仔仔细细地看了无数遍，竟然找不到步行街这个街名，他心里惊出了一身冷汗，难道自己大白天误入了另一个不可知的世界？他趴在酒店的大床上陷入了沉思。

第二天一早，按原计划，吴永和参观了欧洲最大的室内垂直农场，农场占地约 7000 平方米，没有土壤和日照，农作物生长在从地板到天花板共 14 层高的架子上，依靠 2 万个特制的 LED 植物生长灯 24 小时不间断照明，每年可收获 15 次，年产量达 1000 吨。该农场采用 100% 风力发电，通过机器人实现自动化播种，机器人巡视监测农场内的作物。有望每年产出上千吨无农药的产品。

吴永和一个环节一个环节仔细观摩，紫色的 LED 灯光照亮了几乎直升到天花板的种植箱，成堆的生菜、香草和羽衣甘蓝种子很快就要发芽。农场建在丹麦首都哥本哈根郊外的一个仓库，仓库约有 20 个标准足球场地大小。在农场里，自动机器人将一盘盘种子从一个过道运送到另一个过道，人工成本极低，同时，种植物通过机器人系统检查其生长进度。农场目前还种植罗勒、薄荷、香菜、芝麻菜、小菠菜和欧芹，计划在未来几年内生产浆果，之后种植根茎蔬菜。

"北欧丰收"创始人兼首席执行官安德斯·里曼称，2021 年第一季度将收获约 200 吨农产品，到年底农场全面投产时，年产量将达到 1100 吨农产品。"垂直农场可以通过本地生产创建更可持续的食品系统，同时提供比常规种植的食品更高的质量和更好的口感体验。"

吴永和一边参观，一边在脑海里规划自己未来立体农业的蓝图，他不但要建垂直农场，还要建集约化的立体工厂，从农业到与之相关的各种产业都要综合化。参观一圈下来，让吴永和对自己既定的目标有了更深的自信。

"亲爱的，真的是你？"在农场的拐角处，吴永和正在思考间，看到一张熟悉且带着惊诧的面孔，正冲着自己大声喊道。

吴永和一时没反应过来，或许他根本就不敢相信会在这里碰到她——自己的初恋情人麦利妮娜。吴永和定定神，仔细地看了看，确定是她，没错。在美国伊利诺伊大学厄巴纳—香槟分校，他们同就读于农学院。那时，他们是一对人人羡慕的恋人。

"怪不得这几天总感觉有个影子跟着，原来是你！"吴永和正为自己终于解清了心中的那个疑团而高兴。

"你说什么？跟踪？不不，我才到这里，一下飞机我就直奔这儿，没想到能在这里碰到你，你看看我的行李和机票还在这儿，我是冲着这个垂直农场而来，根本不清楚你在说什么。如果真是我，就直接冲上去拍着你的肩膀喊你了，用得着费尽心思这么折腾吗？"麦利妮娜极富表现力地分辩着。

麦利妮娜那张表情丰富的脸最后停留在无辜状，看起来是真的不知情。以麦利妮娜往常的性格，也是不屑于做这种事。吴永和陷入了深深的自责中，不该这么随便肯定是她。刚刚还在为释放了心中那个疑团而高兴，现在看来还是不能释怀。想起自己在地图上找不到步行街的事，他更怀疑自己真是坐飞机累了后疲惫导致的。

"坐了这么久的飞机，身体肯定是累了，人在身体状态不佳的时候是会出现幻觉，身边晃过的一切都会认为是人的影子，我也曾有过这种经历。其次，步行街并不是哥本哈根的一个街名，所以在地图册你是找不到步行街的。随便向哥本哈根人询问，你都能得到一个明确的答案。"麦利妮娜得知吴永和的困惑后，马上极尽所能给他解惑，像给小孩讲课般认真、仔细。

　　吴永和虽然不是很确定，但他没有别的理由给自己解释，只能半信半疑地听着麦利妮娜的话。毕竟他们来的目的是参观垂直农场，于是他们都掉转话题，一边参观一边谈论着最新农业发展的问题。

噩　梦

　　夜，如墨一般凝重，天空的尽头泛着血一般的红色迷雾。陷落的废墟之中，有着钢筋水泥筑就的格子笼。每一格里，都有着鬼魅的喘息和贪婪的狞笑，苍白的月光坠于一抹倒影里。红色迷雾渐渐变成了鲜血一样的河流，狂风暴雨般夹杂着沙尘席卷而来。

　　吴永和眼前涌动的是漫无边际的、鲜血般的急流，他听到急流远处令人毛骨悚然的嘶喊，蝙蝠、老鹰、枯树，黑压压的一片，在夜的深处出没。一股强劲的风从格子笼后面吹过来。"放我出去！放我出去！"撕心裂肺的呼喊从暗夜里一阵阵飘出来。他分明听到的是妻子的声音，在黑暗深处朝着自己呼喊。吴永和使劲伸过手去摸索着，却怎么也碰触不到妻子。那一格一格的囚笼里，吴永和睁大眼睛张望，却怎么也看不真切，妻子的脸仿佛在这一格，又仿佛在那一格，似乎每一格里都有她的存在。"放我出去！放我出去！放我出去！"这回真是妻子，她那凄厉的声音在天地间悠悠回旋。

　　吴永和使劲挣扎，他想冲过去拽住妻子，哪怕有一线希望，也要尽力。可伸出去的手始终触摸不到妻子的脸，她与自己之间隔着一道永远也逾越不了的鸿沟。吴永和同妻子仿佛在两个不同的世

界，彼此能感知对方的存在，却又永远看不清对方。妻子的声音由
凄厉变得越来越疯狂，由疯狂变得越来越狰狞："亩产一千吨，哈
哈哈！亩产一千吨，吴永和！你就是个疯子！哈哈哈！你个大逆不
道的败类，你是个反人类的不肖之子！"妻子边喊边哭、边哭边笑，
那尖厉的哭喊声令人毛骨悚然。"可馨，可馨，可馨！"吴永和双手
在空中不停地抓着，直至喊得筋疲力尽，几乎要窒息，整个人困顿
难耐。突然间电闪雷鸣，奇怪的声音劈头盖脸地砸过来，那声音突
然变成了麦利妮娜的："吴永和，你不可以走，你不能这么走！你
欠我的，你要还给我，你不能就这么走掉！"麦利妮娜的声音一直
在吴永和的头顶，不停地旋转环绕。吴永和已没有力气反驳，他伸
出双手在空中不停地挥舞还击，希望把这声音赶得远远的。"吴永
和，你别再痴人说梦了！你的目标不可能实现的，在学校你就没比
过我，现在你更不可能！"麦利妮娜的笑声更加猖狂，如利剑般，
直逼人的胸膛。

空气越来越憋闷，压得吴永和喘不过气来，一阵阵黑浪掀起，
迎头盖过来，吴永和感觉将要晕死过去，却一个激灵，猛地惊醒，
头痛欲裂，白花花的天花板在眼前摇晃，一时之间竟分不清自己身
在何处。他使劲摇了摇脑袋，定了定心神，才想起自己正躺在异国
他乡的床上，刚刚做了一个长长的、奇奇怪怪的梦。

咚咚咚，咚咚咚！门外有敲门声。梦的惊悸还在，吴永和正心
神不定，这时的敲门声像一记重锤，敲打在吴永和的心上。谁会在
这个时候敲门？他诚惶诚恐地用脚触摸到拖鞋，从椅子上拿起自己
的衣服换好，有些忐忑地走到门边。

麦利妮娜微笑地站在门外，吴永和心里倒抽了一口冷气，很不

自然地把她迎进了屋里。"你不是今天的飞机吗？这个时候还在睡觉。我也是今天晚上的飞机，特意过来同你告个别。"麦利妮娜并不知道吴永和刚刚的梦境，她没事人般边同他说着话，边伸过手来抱住吴永和，在他脸上轻轻地贴了一下。

想起那时为了要回国，为了自己的理想，同她分手时吵得不可开交的情景，说不定刚刚的梦境在预示着什么，吴永和还没从梦魇中完全脱身出来。麦利妮娜的拥抱让他的心情稍微平静了一些，本以为自己同她早已沦为路人，见面时能打个招呼，相互笑笑已很了不得，可他做梦都没想到她还会过来同自己拥抱，同自己道别。

"进来坐吧。"吴永和在心里迅速调整着自己的状态，把麦利妮娜让进屋里。分手这么多年，他觉得同她之间有了一层无形的隔膜，一时间竟不知道从哪儿说起好。

"亲爱的，你好像并不太欢迎我。"麦利妮娜半开玩笑半认真地对吴永和说。

"哪里，能见到你已是上天给我极大的惊喜，怎么会不欢迎？只是我心还停留在自己的农业王国里。昨天参观后，一直在思考一些问题，这个你也知道，我是一个比较较真的人，一旦进入一件事情里面就很难抽身而出。"吴永和怕麦利妮娜误会，解释道。

麦利妮娜听着吴永和的解释，并没有往心里去，他解释不解释对自己来说都没有什么意义，自己本来就没把心放在他对自己的态度上。对面前这个男人，从分手那一刻起，她就知道再也没有任何希望。但麦利妮娜需要他，她在编织一张无形的网，一张更大更坚固的网。

"亲爱的，我知道你心里还有我，我只是跟你开个玩笑而已。"

麦利妮娜没在意他的状态，反而很热心，问长问短地关心他，从吴永和本人到家庭、到事业，一一问了个遍。不过麦利妮娜最感兴趣的还是同他交流目前的垂直农业。

"受一些客观因素影响，我们公司现在发展也不是太好，很多项目处于停滞状态。"吴永和并不想与她说太多具体的东西，只是想敷衍了事。

"你们国家现在人均种植面积少，地域问题导致耕地不集中，难以实现全面农业机械化生产，人工成本投入过高；农业用地只能解决 14 亿人口的口粮问题，可种植粮食的土地资源远远不够，国内农业种植要求不能满足，只够居民吃，用作饲料、棉花等其他用途不够……"麦利妮娜一聊起农业就没完没了，吴永和连插嘴的机会都没有，她把国内目前的情况及以后的发展讲得头头是道。

吴永和知道麦利妮娜在农业方面造诣很深，自己只能静静地在一旁听她分析。他也知道自己说什么对方都不会在意，只好任由她去发挥。他们俩在性格上、追求上几乎是完全相同，都要强，都精益求精，对感兴趣的问题刨根问底，不弄清决不罢休。每次他们之间有什么争执不下，都是吴永和先妥协，并不是从心里真正地认同麦利妮娜，而是出于对女性的尊重。正是这相似的性格让他们相恋，但他们之间总感觉缺点什么，这也是吴永和最后选择离开的原因之一。

麦利妮娜完全不知道吴永和的真正想法，她一直天真地以为他分手是要回国发展事业，她不懂吴永和对自己的迁就有多勉强。一个自己爱了四年的男人，她深深地知道他把事业看得比自己的生命还重要，麦利妮娜当然也知道吴永和此行的目的，虽然吴永和在专业上并不能超过自己，但麦利妮娜深知有一点，自己绝对比不过吴永和，那就是他对事业的那份专注与执着精神。

麦利妮娜继续跟吴永和聊垂直农业，聊垂直农业的发展与强大。聊自己最近研制出新的方案，她在脑中迅速编织理由，顺水推舟般把自己在美国最新研发的立体农业方面的资料，找了个合适的理由送给了吴永和。

吴永和打开电脑，接收麦利妮娜发送过来的所有资料，这一刻，他感动得手足无措，竟然不知道说点什么好。麦利妮娜倒是很大方，她过来再次热情地同他拥抱，脸贴着吴永和的脸深情地道别。

吴永和起身送麦利妮娜出门，看着她的背影从酒店的门后消失，吴永和心中怅然若失。片刻，短暂相聚的快感消失，梦的阴影迅速聚拢来，像鬼魅般缠绕着他，吴永和竟分不清哪是梦境，哪是现实，一瞬间神经错乱般恍惚。

立 项

史乾坤这些天把从吴永和办公室拿来的资料仔细地看了一遍，经过几天几夜的思考，他拟订了一份详细、周全的计划纪年书。从成立议题小组，组建线上讨论小组形成各种讨论意见开始，到最后建成大规模的生产基地。并针对亩产千吨需实现的技术点，从成本预算，到研发成本，到需要的周期做了归纳与总结。提出了实行立体种植后新的名词解释及换算方式，并准备了大量向专家提出的问题。

所有的资料整理完，史乾坤的心情异常轻松。他想："当粮食与蔬菜的种植不再受制于天气的旱涝，不再需要担心土壤的污染和虫害的肆虐时，食物的生产就能被人类掌握在手里了。何况据联合国粮食及农业组织预测，2030年世界总人口有望达到85亿，2050年将会达到97亿。经测算，想要养活这么多人口，全球粮食产量必须提高70%。要解决这个问题，就得寻求到新的解决办法。"他对自己准备好的资料充满了信心。收拾好所有东西，史乾坤兴致勃勃地往农业局跑。

"史技术官好，好久不见，忙啥?"农业局的周科长笑容满面地问。

"周科长好，最近有个新的项目，还望周科长多多支持。"史乾坤正往前走，周科长迎面走过来问道，他有些措手不及，赶紧回答。

周科长每次见面都一如既往地和气，可在他一团和气的表象下，史乾坤永远看不清猜不透。他不知道周科长那张永远微笑的脸背后，藏有多少沟壑、暗道。周科长一向对立体农业方面的项目不支持，可他从来不表露在面上。他骨子里固执地坚持农业是传统的好，可面上他对立体农业从来不持反对态度。史乾坤跟他也就说说，并没希望从他这里得到多少支持，但也不想得罪他。史乾坤正在脑海里琢磨该跟他说点什么，电梯已到了 13 楼。周科长出了电梯，史乾坤跟周科长道了别，心里松了口气，门一关电梯继续往上。

到 16 楼，出了电梯，史乾坤从左边进入办公室。工作人员比较多，都在隔间认真地工作。

"你好！请问项目申报资料交往哪边？"史乾坤跟前台坐着的小姑娘打招呼。

"你好！请问是申报哪方面的项目？"小姑娘问。

"农科方面的。"史乾坤答道。

"农科方面的资料由余老师负责，前面左拐右边第一个就是。"小姑娘很客气地引导着。

史乾坤走过去，把申报农科方面的项目资料直接交给了负责的余工。

余工一张一张地浏览，粗略地看了一遍后问："你们公司的资料怎么没附上？"

"营业执照的复印件有的，在最后一页，你再仔细看看。"史乾坤满脸堆笑地回复着余工。

"您稍等。"余工收好资料，然后进入里间小办公室。大概五分钟的时间，余工出来了。"史先生，你好，我们林副局长请你过去一下。"

"看了你递上来的资料，第一是项目持续的时间太长，第二，需要的资金过大，所以我叫你过来事先了解一下。"林副局长对史乾坤说。

史乾坤并没有被林副局长的提问难住，反倒很镇定："我们国内现在人均产值低，收入低，短时间内不可能大幅度增长，现在农业产值也不太理想，离实现人均 GDP 3 万美元的差距很大，期望值增加迅猛，各方面的供应都跟不上。2021 年以来，中国的粮食进口有很高增长，与此同时，国际粮食也开始大幅涨价。发展立体农业，实现我们自己的目标，成了迫不及待的任务。"

林副局长听了史乾坤的分析，没有否定，脸上也没有任何表情。他只是轻轻地问了一句："你有没有查一下资料？目前世界上好多国家弄的垂直农业都死在了路上，你有没有分析根本原因？花费这么长时间，这么多经费，这么大精力盲目去投资值不值？"

"当然，我们做过详细周密的调查。"史乾坤很认真地对林副局长分析影响垂直农业的三大难题：

一、位置问题：第一，你种下的蔬菜，到底是为谁种的？换言之，如果不能卖掉它们，那就不应该让它们长大。"以销定产"，不能生产出来卖不出去，农产品留存周期很短。垂直农场这类精细化的温室农业无论是在哪儿，最后能够胜出的，肯定是要"双技能"都能赢。除了"生产技能"要赢，比如说能够在技术上实现生产的量达到普通的多少倍之外，"销售能力"非常重要。第二，当你知道卖给谁之后，要让产地农场尽可能靠近需求方，从而缩短供应链环节。第三才是考虑场址的能源供应能力，这关系到场地在各种供暖、通风、消毒设备运行时，是否有足够的电力支撑。

二、成本问题：一旦选择城市作为主战场，垂直农场的成本该如何计算呢？根据数据显示，以日本市场来看，蔬菜每1美元的生产成本里，20%~25%是电力成本，包括了灯光照明、空调通暖、通风、水泵运行等多种成本。但这不是最高的，最高的成本是前期设备投入和厂房的折旧率，占到了总成本的30%~35%。这两部分加起来，超过总成本的一半。但从总体上来看，电力的成本肯定会越来越低，根据美国能源信息管理局报告指出，仅2012年至2014年，LED照明效率已提高了约50%。到2020年，由于成本下降，可能会再攀升50%。他们还专门聘请了LED照明公司的前首席技术官帮助设计定制的LED照明系统，希望提高照明效率。那剩下接近一半的成本是什么呢？在欧美、日本等发达地区和国家，人工成本是不可小视的。日本这类工厂的人工成本占到了25%，因为需要高技能的（知识、经验等）垂直农场管理人。最后的20%，是由种子、化肥、包装、运输等部分构成的。也就是说，如果要在中国市场发展垂直农场的话，一旦技术的供给可行，土地和人工成本两项都会占有优势，低于发达国家。考虑成本应该以一个垂直农场的整体经济模型去衡量，而不单单只看固定投入成本对比、生产资料成本对比，未来的销售、运输、损耗、价格等因素都要考虑进来。

三、价格问题：尽管电力、硬件设施等前期投入占到总投资的一半以上，但可以预见的是，垂直农场的各项硬件成本将会逐年下降。当下以及未来的三五年，比拼品质和销售的能力很重要。从价格上看，目前预测蔬菜均价每500克在15~20元人民币，确实没办法做到跟普通市场买的蔬菜一样便宜，因为农场本身还有总部成本，分销渠道也要维持利润。头部的消费者是可以接受以这样的价格去购买这样高质量的蔬菜的。

　　林副局长听了史乾坤的分析还是不置可否："如果亩产效益上不去，不能做到持续盈利，那还是不能保证粮食供应的安全性。"

　　"目前，这是立体农业存在的三大难题，我们不是没有考虑过。"史乾坤认真地回道，"第一，亩产效益的问题。搞立体种植，亩产效益这个概念将发生很大的改变。在种植面积方面，占地面积是1亩，采用立体农业模式，可能增加到100层，那么种植面积就是100亩。层数越高，面积越大，产量越高。在季节方面，立体农业一年四季可以持续种植，比在自然界种植次数要高几倍。在生长周期方面，根据不同的农作物的生长周期，可以用人工模拟的办法把日夜周期加快，比如说原来是24小时一周天，我们现在通过科技的力量，可能把它变成6小时一周天，让农作物循环加快。在营养方面，将营养液供应得更充分，气候模拟得更适合于这个植物生长，在相同面积情况下，我们比普通的种植又能更高一个等级。然后，我们又可以通过无土种植和有土种植、界面管理等来管控生长，有些植物的果实是在根部的，有些是在茎叶上面，通过这种管理呢，也能提高一定的产量。比如花生，原本果实生长在土壤里面，可能长得要慢一点，如果长在空气中可能更快，因为它没有束缚。再一个就是改变基因，优化基因，因为原来的种植，很多基因为了适应自然界的温度、湿度和其他各种条件，要让这个植物能够生长下去，它是要经过很多严酷的考验。通过基因优化以后，就可以改变，让环境和植物相互适应。现在，既要提高单位面积产量，同时也要提高立体种植的空间层数的效益，然后，进一步提高占地亩产效益。效益会有一个投入产出比的问题，实现这样的立体种植，要投入多少成本，包括一次性投入成本，日常维护成本，还包括营养液的这些成本，这些数据，以后在我们的实验室里要把它慢慢建立起来。一亩地上面能够种植多少层，整个楼大概要投多少钱？里面设备要投多少钱？人工维护多少钱？营养液多少钱？最后产出多少东西。目前算的话肯定是赔的，也许电费都会赔进去，但不要紧，后面要提高产量，电费利用率最大化。1000 亩占地现在变成只占地一两亩，剩下的 900 多亩就可以拿来干别的事情，900 多亩也能产生效益，可以成为我们整个项目收益的一部分。

"第二，持续盈利问题。首先要保证单位面积的产量非常高，单位面积的效益要超过一定的数值才能够实现盈利，作物占地面积小，占地空间小，生产周期要快，但立体种植维系成本比较高，作物品种还要做选择，不能种牧草等不挣钱的东西，要种一些经济价值比较高的，像花生、芝麻、大豆等。但由于芝麻和大豆的占地空间大，所以还要牵涉到基因改良等问题。持续盈利有三个条件，第一个是作物的经济价值，第二个是产量，第三个是维持产量所需要的成本。这个成本里面包括电费和设备等一次性投入及折旧，还有维持植物生长的营养液等别的化学物质。要尽量提高电能的利用率，实现设备产能的优化。

"第三，粮食的安全性问题。立体农业的根本，是提高了单位土地上农作物种植实际面积，简单理解就是多层。提高了单位占地面积的农作物产量。粮食安全本身面对多种安全挑战，总体是因为可耕地面积不够用。比如平面种植时，土地面积不够。产量达不到消费的水平，需要外来补充，出现国际冲突时，会被中断。自然界也存在水涝、干旱、病虫害等，严重影响农作物产量。立体种植农作物虽不能够覆盖所有我们需要的品种，但只要重要的农作物实现立体农业种植，腾出的土地，可以种植其他不容易为立体农业取代的农作物，可以保证总体耕地当量面积覆盖并大于消费需求当量面积，并可抗击一般的天灾。目前人口大国中，中国的粮食安全应引起我们的重视。印度人口虽然多，但农作物一年可以三熟或以上，一亩等于我们三亩。所以没有太大的安全问题。现在我们的实际农作物自给率（包括大豆和以农作物为基础的肉蛋奶）折算成耕地，缺口很大，要解决危机，要么靠增加耕地面积，要么靠增加单亩产量，这两条路，已经受到各种条件限制，比较难有大幅提高了。单产提高，已经在科研前辈的努力下了达到了一定限度。增加耕地面积，就要充分利用山地、坡地、盐碱地，这和提高人均 GDP 是矛盾的。而在现有耕地面积上或不适合平面种植的一些非耕地国土上实现部分立体种植，可大幅提高农作物产量，可大大缓解粮食危机。同时，也减少了单位农作物产量所需要投入的人力资源，大大有利于人均 GDP 的提高。将中国从事耕作的农业人口，进一步减少。

"立体种植，没有了水涝、干旱的影响，但病虫害仍然会有的，在相对比较封闭的系统内，特别是植物病毒会比较突出，这方面的科研任务还非常艰巨。"史乾坤一口气把自己想说的全说了出来。

"不论怎么说，中国农业自古就讲求顺天、自然发展的哲学观。几千年来，无数智慧的结晶积淀成了伟大的东方农耕文明。你们这样做有违中国传统思想中的天人合一的哲学观。"林副局长还是坚持他自己的理念。不过最后他还是让史乾坤准备好资料参加下次的项目申报答辩会，看看别的专家的意见。

回　家

丹麦之行，让吴永和收获满满，他对自己既定的目标有了更坚定的信心，对自己的未来充满了希望，下了飞机，他心情特别愉悦，往家走的脚步也特别轻快。

到了家门口，放下行李那一刻，吴永和目光里掠过一丝忧郁，在丹麦做的那个梦又在脑海里电影般一幕幕闪过，他心情瞬间低落。许多的担心与害怕像商量好似的从四面八方一股脑儿涌过来，不知道妻子这段时间在家里情况怎么样？是不是又犯糊涂了？老毛病有没有复发？症状是好还是坏？严不严重？抬手按了按门铃，半天，屋内没任何响动。他在心里暗暗纳闷，保姆明明知道自己今天回来的，没理由不在家。正要伸手去掏钥匙，门开了，保姆赵阿姨探出头来。吴永和正要开口，赵阿姨对他比着手势，示意他不要大声。

"先生，你终于回来了，太太刚刚睡着。"赵阿姨一边压低着嗓音说，一边从吴永和手里接过行李，"太太这几天情绪糟糕得很，时不时闹着要自杀。还常常躲在门后，嘴里念叨着有人要抓她，十分害怕恐惧的模样。有好几次跑到小区里，闹得管理处都没办法，只好派人守着。"见到吴永和回来，赵阿姨有些如释重负。

妻子林可馨是个抑郁症患者，刚开始，吴永和没意识到这也是个病，那时妻子的表现也不太明显，只是偶尔有些不太爱说话，不太爱与人相处。后来状态愈来愈糟糕，有时莫名其妙地哭闹，莫名其妙地自残。到现在变得越来越严重，动不动就出走、要自杀。吴永和才意识到事情不是自己想象的那样简单，妻子的病情确实很严重，以前是真心疏忽了。

妻子曾在一家国企上班，与自己感情很好，很依恋自己。和妻子的相识很偶然，虽然没有认识很久，但彼此之间相处很舒服。好长一段时间自己把精力投入立体农业的工作中，很多时候疏忽了妻子的感受，妻子什么时候开始有了这个症状，吴永和并不是太清楚。直到有一天妻子突然惊慌倒地，他把她送进医院才知道她得了抑郁症。那时吴永和才意识到抑郁症竟然会这么恐怖，它会让人从身体到思想上无法控制自己，甚至到自残、自尽的地步。

吴永和轻轻地推开卧室的门，看着妻子蜷缩着身子靠床里睡着，像一个受尽委屈又找不到庇护的孩子，心里顿生一种爱怜与痛惜。他不禁伸出手抚摸着妻子的头，并在心里暗自表示对妻子的歉意："对不起，是我平时忽略了你的感受。"

妻子条件反射般地惊醒："不要，不要，不要碰我。"像刚从惊恐的噩梦中醒来。

一回头，看到吴永和，像见到恶魔般，双眼怯怯地盯着他，身子连连往后退缩。

"别怕，是我。"吴永和伸过手去想抱住她，给她点温暖与安全感。林可馨吓得脸色惨白，退到床角，双手紧紧抱住自己的身子。

吴永和伸出去的手停在了空中，继而无奈地放下，他很无助地摇摇头。

"怎么会成这样子？"吴永和很痛心地自问。

"给太太服了药，可就是不管用，这两天比以前严重多。"赵阿姨看着吴永和，有些难过地说。

吴永和盯着妻子那惊恐害怕的面容，心碎却又无能为力。

"看好她，哄她继续睡。我去书房休息一下。"吴永和边对赵阿姨说边转头去了书房，他想让妻子继续安静地睡会儿。

"好的。"赵阿姨刚刚还想能够轻松一下，现在看来不可能了，她只好靠在林可馨身边，轻轻地抚摸着她的后背，如同哄小孩般哄着她入睡。

旅途一路的奔波，兴奋时不觉得什么，这么一受打击，所有的希望烟消云散，疲惫感占据了心头，吴永和一时心力交瘁。进了书房，他烦乱地窝进沙发，闭上眼，心里空空落落，什么都不去想，思绪完全处于放空状态，很快，人就进入了梦乡。

天地一片混沌，茫茫大漠，在风沙迷雾中，吴永和见到了尤利乌斯·恺撒，当前国际上通用的纪年方法的历法改革者。尤利乌斯·恺撒披着羽纱，一张孤冷的脸，像幽灵般，若隐若现。由于罗马历已经不能准确地对应回归年，公元前46年，掌握军政大权的儒略·恺撒，以埃及太阳历为蓝本进行了历法改革。当时的天文学家经过精密计算，决定将一年分为长度大致相等的12个月：5个31天的大月，7个30天的小月，平年全年一共365天；每隔3年是一闰年，闰年一共366天。鉴于2月份在古罗马是处决犯人的月份，为了减少不吉利的日子，恺撒下令将2月的一天加到另一个小月上，最后成了6个大月和6个小月。为了纪念此次改革，恺撒的出生月——"7月"被命名为"尤利乌斯"。并且，为了跟上太阳的脚步，当年直接延长了七个月。

尤利乌斯·恺撒一转身间，大漠飞沙走石。两个泾渭分明的空间混为一体，而这时，时间就像一个巨大的球，在虚拟与现实之间，在一个新的时空逻辑中引导着吴永和去反思根深蒂固的时间观。他看见自己，那个长发飘飘的男子，从太阳的尽头走来，梦幻而充满力量。吴永和很兴奋，想过去与另一个自己握手，待他跨步上前时，远处的那个自己却飘然而逝，隐没在无数的光环中。时间并不是与生俱来、亘古不变的，早在远古时代就可以根据需要进行分割。

醒来已是凌晨，吴永和还沉在刚刚的梦里，在现实与虚幻中，他想记住些什么，却又什么也记不住。有一点，在他的脑中越来越清晰，那就是时间的分割，这点给了他很大的启发，在自己的立体农业中，时间完全可以重新分割，自己培植的作物，生命周期也可以重新分割，作物的生命周期可以缩短，从而可以间接提高农作物的产量。他兴奋得像个孩子，再也睡不着，爬起来一看，自己原来在书房的沙发上躺着，猛然想起还在病中的妻子。

推开房门，妻子依然蜷缩着身子，睡得正香，这个时候，她的世界是如此的安全与宁静。吴永和不敢再去碰触妻子，他希望妻子永远这么平静、无忧。他轻轻地走过去，悄悄地爬上床，缓缓地躺下来，静静注视着妻子，陪着她睡着。

初次见面

回到单位，进办公室时吴永和一惊，以为走错了门，退一步抬头仔细地看了看办公室的门牌，没错，就是这间，难道是自己老眼昏花了？

"董事长好，我是新来的助理杨小新。"门口坐着的陌生女孩马上迎上前来。

"小林呢？"吴永和有些不解。

"小林已经辞职了，在您去国外的时候。"杨小新回道。

吴永和的脸色唰地黑了下来，跟小林之间关系虽然不怎么亲密，但一起工作这几年配合一直很默契，任何事情只要交给她，就能准时、保质、保量地完成，吴永和一直很放心，小林的突然离去，让吴永和心里很不快。他正想去质问人力资源部，刘部长却已经过来。

"董事长，是这么回事，小林家里出了事，她妈妈突然得了重病，她家就她一个孩子，她不得不辞职回去照顾。董事长您当时在国外，没来得及向您汇报，这种小事，也不敢打扰远在国外工作的您，所以想着等您回来跟您说清楚。"刘部长很诚恳地跟吴永和说明小林突然离职的缘由，并详细地介绍了新来的杨小新，她学的是农业建筑环境与能源工程，在学历及专业上都非常适合这个岗位。刘部长还在继续往下说，吴永和有些不耐烦，小林的突然离去让他有点失落，这么多年，早已习惯了她帮忙处理些事情，她这一走，自己仿佛没了手脚般，极度地不适应。刘部长看到董事长已没耐心听自己说话，赶紧找了个理由匆匆离去。

"董事长，请用茶。"新来的助理杨小新看到吴永和的脸色不太好，赶紧给他泡了一杯茶。

"放着吧，我先处理文件。"吴永和示意杨小新放下。然后埋头看桌上的资料。他一下子还没法适应面前这位新的秘书，自顾自地忙自己的事。

目前国内土地不够种植农作物，导致养殖业成本增高，占国民收入的比值大，饲料和肉类靠进口满足需求，肉类成本高，进口比重大。各方面的报道都在分析着当前严峻的形势。吴永和不耐烦地把资料推到一边，这些情况他早已了如指掌，完全不想花费太多的精力，他希望能看到更多关于立体农业方面的资料。于是不停地在另外一堆资料里面翻来找去。

抬头喝茶间，发现新来的助理还站在那儿，一动不动，似乎在等着自己的吩咐。

吴永和正要把她打发走，突然想起刘部长的话，便问道："你学的是农业建筑环境与能源工程专业？那谈谈你对当前与未来农业发展的看法吧。"吴永和问了一个不痛不痒的问题。

"在您面前谈农业，有些班门弄斧。您有什么要处理的资料我可以帮着处理。"杨小新有些不知所措地回道。

"没关系的,你谈谈你自己的观念与想法就好。不需要长篇大论的。"吴永和想知道现代青年对农业的认知到底停留在哪个层次,更想了解以后与自己共事的助理自身的素质与修为,面前的这个女孩与小林有着本质上的不同,具体不同在哪儿他又说不清。

"董事长,那我就随便说说,您不要当回事。我觉得未来的农业发展,必然凝聚着更多的科技含量。要使低收入阶层、高收入阶层都安居乐业,相得益彰,更应大力促进城乡协调发展,努力消除城乡差距,促进公共服务均等化,使广大农村成为生产发展、生活富裕、生态良好的美丽家园。"

吴永和开始并没在意她说什么,只是想了解一下她,证实一下刘部长的话。但杨小新这最后一句引起了他的注意,他不禁抬头看了她一眼,此时杨小新也正瞪着双眼,饱含期望地等待他的回应。眼神相撞的那刻,吴永和看见了杨小新眼里闪烁的光芒,有种穿透人心的力量。吴永和迅速地移开自己的眼睛,瞬间的慌乱让他本能地回避,周围的空气此时变得有些迷蒙。

很快,吴永和便定了神,本来他什么话都不愿说,这一刻,破例地接过杨小新的话题:"你所说的理念,还建立在传统的观念上,是一种美好的理想,但从根本上解决不了问题,往后只有立体农业才能让国内的需求常态化。立体农场是一种新型室内种植方式,它的出现在于解决资源与空间的充分利用问题,它采用无土溶液栽培方式,可以将有机物转化成电力,大大降低能源成本,同时能够提供更多的食物。使用室内养殖技术和环境控制技术,创造植物生长所需的人工环境。其中包含的技术有:人工光照、环境控制(湿度、温度、二氧化碳气体等)和水肥控制。我们除了要建植物摩天大楼,还要开发一种鱼菜共生、动植物共生的培育方法。来自植物的水被回收到鱼缸中,而鱼产生的废物则成了植物的肥料。最后可以收获植物和鱼类用作人类的食物。"他一口气说了很多,看到杨小新瞪着眼睛在认真地听,吴永和有种特别的成就感。

"没有土壤,农作物如何汲取营养?用什么方式汲取营养?汲取的营养如何能达到自然生长所需营养的质量?"杨小新不禁好奇地问。对于立体农业,杨小新并不陌生,但此刻也不能表现得太熟悉,她希望通过这种聊天能与董事长的关系靠近一点。

"土壤不是农作物生长的必要条件,立体农场中经常可以看到的是植物的根须一半在水中,一半在空气中。但仍然需要有一个支撑植物重量、保持植物生长姿态的夹持物,比如海绵或泡沫塑料等。所谓空气种植,可理解为没有了肉眼常见的液态水,但实际是空气中包含湿气,水可能呈现雾状,且雾气中的微小水珠中,已经含有植物生长所需要的营养物质(化学元素、无机化肥、有机化学物质、植物生长激素或立体种植所需要的物质)。其实空气种植,并不排除有少量流动的水。因为大量湿气送进根部,多少都会有水凝出,需要安排流道将多余的水回收到一个系统中,循环再用。"吴永和认真地解释道。聊到农业,他立即精神起来,与这位新来的助理杨小新之间的距离也在迅速拉近。

"是的,立体栽培也叫垂直栽培,是立体化的无土栽培,这种栽培向空间发展,充分利用温室空间和太阳能,以提高土地利用率3~5倍,可提高单位面积产量2~3倍,上大学时我看到其他人研究过这个课题。"杨小新马上接上话题,她要抓住这次的聊天机会,让董事长进一步认可自己。

"立体栽培模式是以立体农业定义为出发点，合理利用自然资源、生物资源和人类生产技能，实现由物种、层次、能量循环、物质转化和技术等要素组成的立体模式的优化。构成立体农业模式的基本单元是物种结构（多物种组合）、空间结构（多层次配置）、时间结构（时序排列）、食物链结构（物质循环）和技术结构（配套技术）。立体农业的主要模式有：丘陵山地立体综合利用模式；农田立体综合利用模式；水体立体农业综合利用模式；庭院立体农业综合利用模式。立体农业是传统农业和现代农业科技相结合的新发展，是传统农业精华的优化组合。具体地说，立体农业是多种相互协调、相互联系的农业生物（植物、动物、微生物）种群，在空间、时间和功能上的多层次综合利用的优化高效农业结构。"听到杨小新提到立体栽培，吴永和接着滔滔不绝地说了开来。

　　"嗯，好像立体栽培并不适合所有蔬菜，扬长避短才能发挥其作用。一般矮生型叶菜类适宜柱式栽培，其向上生长的高度一般不宜超过45厘米，目前已试验成功的品种有紫背天葵、草莓、大叶筒蒿、散叶生菜、油菜、三叶芹等小株型的叶菜类。株型较高的蔬菜会因空间限制和重力作用茎秆倒下，影响生长，果菜类对光照条件要求较高一般不宜立柱栽培，但可以采取立柱上部2~3层种植矮生型果菜，如草莓，下部种植叶菜的方法。"杨小新也把自己曾研究过的东西拿出来聊。

　　"立体栽培的特点集中反映在四个方面，一是'集约'，即集约经营土地，体现出技术、劳力、物质、资金整体综合效益；二是'高效'，即充分挖掘土地、光能、水源、热量等自然资源的潜力，同时提高人工辅助能源的利用率和利用效率；三是'持续'，即减少有害物质的残留，提高农业环境和生态环境的质量，增强农业后劲，不断提高土地（水体）生产力；四是'安全'，即产品和环境安全，体现在利用多物种组合来同时完成污染土壤的修复和农业发展，建立经济与环境融合观。着眼于整个大农业系统，立体栽培包括农业的广度，即生物功能；农业的深度，即资源开发功能；农业的高度，即经济增值。它不是通常直观的立体农业，而是一个经济学的概念，与当前'循环经济'的概念相似。总之，发展立体栽培、发挥其独特作用，可以充分挖掘土地、光能、水源、热量等自然资源的潜力，提高人工辅助能的利用率和利用效率，缓解人地矛盾，缓解粮食与经济作物、蔬菜、果树、饲料等相互争地的矛盾，提高资源利用率，可以充分利用空间和时间，通过间作、套作、混作等立体种养、混养等立体模式，较大幅度提高立体栽培单位面积的作物产量，从而缓解食物供需矛盾；同时，提高化肥、农药等人工辅助功能的利用率，缓解残留化肥、农药等对土壤环境、水环境的污染，坚持保护环境与发展生产双赢，建立经济与环境融合观。"吴永和越聊越兴奋，他完全忘记了眼前是位新来的员工。

看到董事长完全解除了对自己的疑惑，杨小新主动帮吴永和把办公桌上的文件整理好，归放得整整齐齐。

"走吧，我带你去实验工厂走走看看。"吴永和想让杨小新熟悉一下公司的环境，了解一下公司立体种植现在的状况，早点进入工作状态。

实验工厂离办公室不远，走过去大概几百米的距离，杨小新跟在吴永和后面，她为自己获得董事长的初步信任而暗自高兴。整栋实验工厂很大，是利用一座废弃的电子厂改造而成，工厂近乎封闭式。

吴永和领着杨小新一边走一边介绍："这里的种植不同于传统植物的种植，我们都是采用气态的水灌溉，主要是以空气为载体，空气中含有高饱和度的水汽，植物可以直接从空气中吸收到水分，也可以根据植物的需要调整空气温度及湿度的高低。我们把植物需要的物质，以营养液形式输送到其根部，让植物吸收。植物在吸收后不可能没有任何排放，比如，现在种植的花生，果实收获后改种其他品种，那这个时候种植花生多出来的水分怎么办呢？有一部分水分，可以回收储存，下次再用。也许因为它的浓度不够高或者不好用，不排除会有少量的废水汽排放。这个问题不大，它对环境的污染不会太严重，也可以给别的植物再利用。"

穿过实验工厂，通往二楼，转角的空间上面，中间有个圆环，圆环里面种了很多的植物，有员工爱吃的水果、蔬菜，中午吃的生菜或者其他绿叶菜，就可以现摘现吃。"这里每个空间都被充分利用着，我们以后还可以把蔬果直接种到超市旁边，或者利用超市任一闲置的空间，现种现卖。有些建筑，在顶层上面有大面积的空中花园，也可以利用无土栽培技术，选择性地种自己喜欢吃的瓜果、蔬菜，不但能美化环境，还能食用。"吴永和不忘给杨小新介绍一下自己新的想法。

"嗯，这个太好了，方便又新鲜，随时可以采摘。"杨小新觉得这种种植模式非常有趣。

"从全球来看，我们生产的食物有 1/3 被浪费了，相当于 16 亿吨的食物，在运往市场的途中烂掉，或者躺在我们的冰箱里过期，又或者被超市和餐饮店在每天打烊时丢弃掉。立体农场的农产品生长在离消费者很近的地方，而且使用绿色电力，立体农场不会因为大量用水或肥料而损害环境。我们近期的目标：在城市，可以在面积更小、高度优化的空间里进行种植。在超市走道设垂直迷你农场，仅占用超市内几平方米小小空间，且可向上延伸扩展。超市最大的好处是基础设施齐备，无须任何增建或调整，只需要将系统安装好，就可开始运作，具备降低食材运输、仓储与保鲜成本等诸多优点。让立体农场的投资不至于付之东流，还有几个关键因素，包括作物选择、照明选择和设计、气流设计和小环境气候控制、植物的间隔策略、作物物流和自动化、灌溉和营养、基材选择、数据、传感器、控制和软件以及目标受众和销售渠道等。"吴永和越说越兴奋。

杨小新在后面默默地听着，这个时候她不想打断董事长。二楼的东边有个实验室，史乾坤跟刘达飞他们正专心致志地在研究着什么，完全不知道吴永和的到来。

吴永和继续给杨小新介绍："实验室里面全是小型化的装置，它需要对植物进行不断优化，实验室里边有些植物的基因筛选、基因优化都是通过这些小型化的装置来实现。早期没有大规模生产时，需要通过这些小型化的装置来做实验。你看里面有许多不同的实验装置，每一种植物，都会有不同的实验方案，通过不同的装置去实验。作为科研，这些小型装置是永远需要的。有时也可作为实用装置，用来作为商业用途的小型化装置，比如说在餐厅里面，可以自己有一些小型种植。那些大型的餐饮连锁店，他们自己就有一些小农场，也可以采用小规模的立体种植。可能因为种植规模不够大，各种原物料的供应也不是很集中，那么成本相对来说就高了，但是物流成本降低了，配送成本也降低了，在综合成本上实际也是降低了。还可以获得某种特殊的效果，比如保持蔬菜、水果的新鲜，这个菜从采摘到入口，在两三个小时之内就实现了，这就是其他的农业实现不了的。连大规模的立体农业也实现不了，它有它的特殊性。我们将来要实现大规模的立体种植，同时也要发展一些小规模的立体种植。餐饮业里面有些配送，物料要求新鲜，就可以就地种植。"

史乾坤和刘达飞似乎看到了他们，在里面跟他们打着招呼。杨小新虽然不认识两人，但她知道以后免不了要打交道，她伸出手对着他们挥了挥。

"这些小型立体农场，它是控制成本，这样限制减少，而且迎合消费者需求。比如说，生长周期短的农作物，可以按需把控量，今天生产今天端上餐桌。从采摘到餐桌，这中间的周期特别特别短，可能它的口感也特别特别好，类似这样在以前的农业条件下是根本没法实现的，现在我们完全可以实现。我们既可以实现高产量，又可以给消费者提供这种近距离周期短的消费品。我们可以安排在城市中心种植，可以很快送到所有消费者手上，时间短，运输方法快捷。"一路走，吴永和一路给杨小新介绍着，完全忘了她今天第一天上班。

林可馨病情加剧

"董事长，出事了，夫人突然喘不上气，倒在地上，昏迷了。"保姆赵阿姨打来电话，声音急促且紧张。

吴永和放下电话，顾不上手头的事，吩咐杨小新收拾处理一下，往家赶。路上行人与车辆特别多，他不顾一切地超车赶路。看着悠然前行的车辆，他心急如焚，但没人能理解他此刻的心情。

妻子的病情急转直下，而且说不清道不明，让吴永和困惑到极点。赶到家时，救护车还没到，吴永和焦急难耐，看到妻子那张本就蜡黄的脸由惨白慢慢转成死灰色，很是无助。他在屋子里来来回回不停地转圈，期望救护人员能立马就出现在眼前。

赵阿姨早早把门打开，探出头，来来回回不停地张望，空气随时都可能点着火。等待的时间是漫长的，一秒更比一秒长。几分钟时间，仿佛历经了几年。楼下终于响起了救护车的声音，吴永和狂躁的心有了些许安定。

咚咚的脚步声由楼下传上来，救护人员冲进房间，给林可馨戴上氧气罩，进行抢救。待林可馨情况稍稳，几个医护人员七手八脚地把她抬上救护车，往医院急驰而去。吴永和跟在妻子旁边，生怕她一路上有什么不测。

到了医院，经过一番紧急抢救，妻子终于苏醒，吴永和紧紧抓住林可馨的手，仿佛一松手妻子就会离他而去。他后悔自己以前对妻子的病情过于疏忽，要是早点注意，早点防护，也不至于到今天这个地步。吴永和小心翼翼地陪着妻子做了心、肺、脑等各方面的检查。楼上楼下马不停蹄地跑，各个科室排队查验，到最后竟然没有一项查出问题。好好的一个人，就这么晕倒，肯定是身体出了什么状况。可化验单、检查报告所有都显示正常。吴永和百思不得其解。

"夫人这两天吃了些什么？有什么与平时不一样的地方吗？"吴永和还是不放心地问赵阿姨。

"昨天早上喝了豆浆，吃了块鸡蛋饼，昨天中午吃的米饭，一个西红柿炒蛋，一个菜心，昨天晚上夫人说没胃口，让我弄了点酸辣汤给她喝。早上喝了碗小米粥，一个鸡蛋。中午吃了些米饭，一个凉拌西兰花，一个玉米松子素炒。夫人这几天喜欢吃素菜，我都没做荤菜。我也陪着她吃素。"赵阿姨详细地给吴永和说了林可馨这两天的饮食情况。为了证明饮食上没问题，赵阿姨特地强调自己和她吃的一样。

"那她这两天在行为方面有没有异常？"吴永和不甘心，继续问赵阿姨。他想知道妻子犯病的真正原因。

"没有，夫人这两天比往常状态更好，今天还玩了会儿手机，同别人聊得很开心的样子。我还在庆幸她今天的状态呢，谁也想不到会发生这样的事。"赵阿姨说着说着，情绪变得低落起来。

吴永和怎么也想不明白，好好的一个人，一向很健康，怎么会突然昏倒，而且查也查不出任何问题，状态变得越来越糟糕。

"赵阿姨你先回家给夫人弄点吃的吧，我在这里守着。"吴永和吩咐赵阿姨。

"好的，那我先回去了。"赵阿姨说完便急匆匆往家赶。

吴永和不得不放下一切事物，在医院守护着妻子，陪着她继续做各方面的检查，整整查了三天，仍然没查出任何问题。几天下来，妻子的情况倒稳定了许多，见到吴永和也不再感到害怕，不再拒他于千里之外，情绪不再反常，行为也不再过激。这对吴永和来说，比什么都高兴。

"你想吃什么？我让赵阿姨给你做。"吴永和想尽一切办法让妻子开口说话，林可馨病情虽然已经平稳，但整个神情还是木木呆呆，眼睛里时常泛着惨白色，看不到任何光芒。

"要不，我陪你到楼下去走走？"吴永和说话时眼睛紧盯着妻子，希望林可馨能有回应，哪怕一个字也好，可任由吴永和说什么，林可馨都没任何反应。他不得不强行拉起林可馨的手，扶着她在医院的后院慢慢走着，一边走一边回忆他们从前许多开心快乐的事，一点一滴地说给她听。林可馨还是不声不响，像一个不懂事的小女孩，乖乖地跟在吴永和身旁，仿佛吴永和在说别人的事。但只要林可馨不吵不闹，安安静静地待在身边，吴永和的心里还是很踏实，如果没有立体农业，他倒情愿这样陪着林可馨一直走下去。

接下来的忙碌，让吴永和几乎顾不上妻子林可馨的病情，每天埋在一大堆的资料里无法自拔。一连好几天赵阿姨都没给他打电话，有可能是怕影响他的工作，也有可能是妻子的状态确实还算稳定。吴永和寄希望是后者，妻子平平安安对他来说是莫大的安慰。

好不容易有点空，吴永和顾不上别的，立马驾车去看妻子。车驶入医院大门的时候，吴永和的内心有点莫名的紧张，几天不见，他害怕妻子见到自己的态度会反常。看到路上来来往往匆匆往医院迈步的行人，内心升起无端的压力，仿佛每个人都在奔往一个不可知的未来，包括自己。吴永和把车停好，也汇入匆匆前行的人流中，从正门绕到侧门，直入电梯，直升梯上升的冲击带给他一种刺激的快感，缓解了内心的部分压力。到了病房门口，吴永和把耳朵贴在门上，他小心地细听里面的动静，还好，里面什么声音都没有。他抬起手，在门上轻轻地敲了三下，过了好一会儿，赵阿姨过来开了门。

　　"夫人睡着了。"赵阿姨边把门带上边把吴永和引到门外，把这几天林可馨在医院的情况一股脑儿地说给他听。林可馨每次在家出事症状很严重，可送到医院一检查，什么事都没有。每次到医院除了输液就是输液，别的什么办法都没有，赵阿姨觉得夫人的病不是想象的那么简单，但医院查来查去还是查不出任何毛病，她建议吴永和还不如给夫人办理手续出院，另外想别的办法。

　　在家里时不时出事，一到医院检查什么事都没有。妻子的这种状况让吴永和实在无奈。他也生气地质问过医生，但医生也是按程序办事，说不上所以然。面对这个没有结果的治疗，吴永和很气馁，他下定决心给妻子办理出院手续。

　　拉着林可馨的手，妻子对他似笑非笑，像隔了千年相见的亲人，熟悉又陌生。吴永和紧盯着妻子的眼睛，他希望从妻子的瞳孔里找到什么，可妻子的眼神永远落在一个不可知的地方，吴永和想去捕捉，但总靠不了岸。他让赵阿姨把妻子的所有东西收拾好，自己去办出院手续。

回到家，吴永和陪着妻子在阳台上静静坐着，他期待妻子能开口对自己说些心里话，哪怕随便说那么几句也好。可妻子似乎永远停留在她自己的世界里，任你怎么耐心地与她诉说，她对外界的任何事情就是不理不睬。任由吴永和在一旁着急，林可馨依然是自顾自，没办法融入。折腾了许久，吴永和实在太疲累，他把妻子扶进房间休息，自己回到书房，好好理清一下这几天的思绪。

"先生，不行了！快，夫人不行了！"傍晚时分，赵阿姨突然跑进书房，对着吴永和焦急地喊。

吴永和冲进房间，看见妻子正全身发抖、满脸惊恐、坐立不安，接着进入昏迷状态。吴永和赶紧打电话叫救护车，好不容易等来了救护车，护士们七手八脚把妻子抬上救护车。吴永和本想把妻子手里的手机放好，无意中发现妻子正在编的一条消息，还未发出去。看了信息的内容，吴永和心惊肉跳，打开和对方的聊天记录，无限的恐惧从四面八方涌过来。他终于有点明白林可馨这种状况的缘由了，原来妻子微信里的这个所谓好友是位心理学专家，有着极强的心理意念方面的知识。他不知道妻子什么时候加她为好友，吴永和迅速翻开她们所有的聊天记录，才知道原来对方才是妻子生病的罪魁祸首。妻子很早就加她为好友，开始应该也是互相信任的好朋友，妻子林可馨是在没有任何防备的情况下，被这位心理学专家给无形地诱导，一步步陷入抑郁，而且越陷越深，到最后严重成疾，现在对方还在进一步诱导着妻子往深渊里走。

吴永和把妻子的手机揣在兜里，先扶着妻子上车。一切来得太突然，太可怕，吴永和顾不上去深究。他得先把妻子再次送去医院，待妻子情况稳定了再做打算。

以前为了尊重妻子，他从来不动妻子的手机。现在，他不得不翻看妻子手机里的信息，前前后后，他反复地琢磨，从所有能看到的信息里，一条一条认真地思考。与妻子对话的那个人到底是谁？她为什么要这么做？这样从心理上摧残一个人，吴永和还是第一次遇到，而且对付的还是自己的妻子。他在脑海里紧急地想着应对措施，这么复杂的问题，目前他还真的没有更好的办法来解决。他决定下一步要去好好学习心理学方面的知识，等掌握了一定的心理学知识，才能揭开这件事情的真相。

项目申报答辩会

农业局的报告厅里庄重肃穆，五个评审专家一字排开，个个表情严肃，仿佛正面临一场审判。吴永和跟史乾坤在他们对面正襟危坐，虔敬地等待评审人员提问。

周科长的开场白打破了这份尴尬，他笑容满面，言语严肃中带有几分诙谐。一向善于周旋的他，使气氛一下子融洽了许多，人与人之间的距离瞬间拉近了，在轻松幽默中周科长宣布答辩会正式开始。

"看了你们递上来的报告，我想问你们一个问题。"坐在左边第一位的专家刘幼本问，"用特制的 LED 植物生长灯照明如何能满足植物所需要的光合作用？长时间照明对植物的生长如果有利的话，在能源利用方面有没有不利面？"

吴永和回答："每种植物在不同生长阶段，需要的光照强度和光谱并不相同。理想情况下，如果人工光可以根据不同植物的需要，调整相应的光谱和光强，则是最理想、最节能的。但目前，每种植物在不同阶段所需的光照光谱和强度，并没有明确的知识，我们正在研究开发如太阳光般的极宽光谱，足够光强。在自然种植条件下，这个问题不是问题，太阳一照，什么光谱和光强都有了，植物在自然进化过程中，已经完全适应了太阳光。而使用人工光照，则面临能源消耗成本问题，光谱不能够全面覆盖，只能够按照植物的需要尝试用 LED，它的电光转化率约 90% 或以上，以期减少能源消耗，降低成本，提高单位电能农作物产量。LED 光源的光谱非常窄，一个 LED 的光谱，不能够覆盖植物所需要的光谱范围，所以，根据植物需要，配置不同光谱的 LED，目前植物需要的光谱我们正在研究。已经有的各类 LED 相加，也不能覆盖所有太阳光谱，不能够完全取代太阳光。因此需要科学研究，选择合适植物，合适的 LED 光源，找出植物所需要的光谱。这要在现有 LED 灯的光谱范围内，而且成本在可控范围。LED 人工光照，在立体种植情况下，可以认为是一个比较稳定的电负载，波动性不大。立体种植中，设备肯定需要均衡载荷，类似于一边播种一边收割。"

吴永和一口气讲了许多，面对刘幼本质疑的目光，他有种倾吐后的淡定。

"你们的报告中提到缩短农作物的生产周期，现在我想问一下，这样做对农作物的营养与质量方面有没有影响？"专家田致森接着问下一个问题。

史乾坤接着回答："缩短农作物的生长周期，对作物的营养与质量肯定是有影响的，因为我们不光缩短了生产周期，而且种植方式也做出了相应改变，原来植物主要是通过土壤跟空气吸收养分。空气方面变化不是太大，我们还会保持，但是土壤没了，我们提供的营养液与土壤里的营养相比会有一些差异，也许营养的丰富度不如土壤。比如某些地方种植的瓜特别甜，那么立体种植的瓜肯定就没那么甜了。营养液里面的营养素物质种类没那么丰富，不可能什么都含有，所以这样的话肯定有影响。但是我们可以从甜度、口感等方面去研究，刻意把营养液调到让长出来的瓜更甜，或者口感更好。让营养液里面尽量保持土壤原有的营养素。立体种植与土壤种植相比变化了，那么就不可能完全一样，我们只是尽量减少负面影响，比如说，甜度提高了，口感也好了，作物缺乏植物激素或者缺乏别的东西，我们在立体种植的时候会想办法克服，研制更多更好的适合作物新的生产周期的营养素。"

"既然立体种植在甜度与口感方面能做到像在自然环境中一样，那么我想问的是，立体农业在蔬菜瓜果的口感、甜度、产量等方面如何能做到像在自然环境中一样?"专家司玉林问。

吴永和很认真地回道："蔬菜瓜果的口感、甜度、产量等在立体农业中完全可以实现像在自然环境中一样。一方面我们可以提高营养素供给质量让它达到，另一方面就是通过基因优化达到。我们目前已经在研究精准控制营养素供给法，一些靠精准控制营养素供给法达不到的，我们要着手研究如何在基因优化方面达到跟自然环境一样的效果。在产量方面，单位种植面积下的产量，即一个生长周期的亩产。其实我们采用立体农业以后，这个产量的突破不会是很大的，我们通俗讲的占地面积，其产量提高是通过立体种植多层和通过昼夜变化快实现的，人家种的花生是六个月成熟，而立体种植的花生只要一个月，原因是因为昼夜变化快了，单个种植周期的产量高不了太多。实际上是大大缩短了生长周期，一年当成几年用，加上多层种植，才实现高产量。人家一年一熟，立体种植变成一年十二熟了，那产量就是 12 倍了。"

"蔬菜瓜果的口感、甜度在立体种植中，可以通过营养素供给让它达到跟自然环境种植一样的效果，那么立体种植是如何利用算法改变蔬菜中营养成分的配比，从而改变蔬菜、粮食的口味，比如让西瓜更甜一点、让辣椒更辣一点呢？这些复杂的操作如何通过电脑或手机 App 远程控制呢？"专家刘和成继续往深处挖。

　　史乾坤马上接道："这其实本身就是一个农业问题，首先从农业角度去研究，立体种植，我们是通过电脑的各种程序去控制它。我们的控制可以达到毫秒级、秒级的控制，因为农作物的生产毕竟是很慢的，可能也就采用分钟级的控制就可以了。采用甜度计（进行在线测试分析），就知道甜度多少。在自然的情况下，要实现光照充足或者营养充足非常困难。立体种植，可以任意提供能够提供的条件，比如输送氨基酸或者强化光照等，让蔬果更甜。大自然种植情况下难以实现的条件，在立体种植都可以实现。实现某种特别好的口感，比如说，花生是甜的，在大自然种植中是不可能实现的，而通过立体种植有可能实现。通过这个立体种植的设备，来实现需要的条件。App 远程控制，这些都已经不是什么问题，因为进行大规模种植的话，就相当于发电厂一样，有个中央控制室，里面安排一到三个人值班，实行远程控制，可以控制所有进程。一个 AI 芯片，一个程序，这都是很低成本的，一套电控系统可能就几千块，一个人工智能软件编程完成以后，可能也就是几十万块钱，它可以用于大部分控制场景，迭代成本也不太多，所有的种植都用这个软件，这个软件的成本分摊下去是很低的，这些都不是重要的成本，不是程序员的问题，也不是控制技术的问题，这是一个纯农业问题。"

　　"那么在营养液的应用、工业化生产、技术开发一条龙方面，立体农场是如何通过本地生产来创建可持续发展的食品供给系统的呢?"专家白青生问。

吴永和回道:"立体农场种植条件的开发,如营养液的应用、人工光照、一条龙服务等,可以为当地构建持续的食品供应系统。这样种植和加工出来的产品是不是比我们传统种植加工出来的产品有更高的质量或更好的口感呢? 这里面有两个问题:质量跟口感,这应该是两个不同的感觉。立体农场种出来的西红柿可能更甜,这个甜的西红柿,可能有些地方感觉就不如大自然环境中生长的西红柿。所以我们追求既要好看又要好吃,而且还要有营养。在立体种植中,这些能不能够完全互相兼顾呢? 目前还不一定,也是项目今后要研究的方向与目标。目前我们主要追求的是单位电能产生多少碳水化合物,或者说单位投入产生多少碳水化合物,这是主要任务。当然追求更好的口感也不能忽略,有些植物我们这么种植,可能口感会更好。但这个不是广义的,可能只适用于某些植物,个别植物具有这个特点,通过基因的优化、种植条件的变化,能达到更好的效果与状态。比如人工种植的雪莲,不论自然条件怎么样,人工种植都可以模拟,并且人工种植的雪莲可能更好吃;还有一些山珍,其生长条件比较苛刻,那么在自然环境中呢,可能就只有某些地区才能长。人工种植完全可以模拟它的生产环境,高温、低温、高寒,什么气候都可以模拟。把稀有的东西变得不再稀有,这是人工种植可以实现的。所以说,追求的不是经济价值和单位电能的产量,而是总的经济价值。某些品种可能是比较稀少的,比较贵的,那就模拟条件进行立体种植。比如说种虫草,在自然情况下的一个山坡,生长的虫草数量有限,现在多层种植,可以长很多虫草,那其经济价值就出来了。比如一些药用植物生长条件特别苛刻，有一些植物是生长在悬崖峭壁上的，很难采摘或很稀少，那么我们就可以通过人工种植加大产量。而通过我们的立体种植，可以模拟其自然生长环境状态，并且可以实现产量提高，收获更好。"吴永和说了一大堆，说得很痛快。

　　时间很快，一个上午紧张的答辩结束，周科长把刚刚的答辩环节进行了总结，然后对下一环节做了详细的说明，并让大家做好充分准备，静待下午进入另一环节。

灯光朦胧

工作的事，家里的事，让吴永和身心疲惫。回到单位，已是下班时分，大部分员工已回家，只有少数几个还在加班，偶尔有一两个员工走过，同吴永和打过招呼便匆匆离去。吴永和冲他们点点头，然后心事重重地往办公室走去。

见办公室里灯火通明，吴永和的心里有一种莫名的踏实感，新来的助理杨小新做事麻利、勤快，弥补了小林突然离去带来的空缺，他为自己又有了一个得力助手而暗自高兴，至少工作这部分自己可以少操许多心。

踏进办公室，杨小新不在座位上，进去才发现她在自己的办公桌后面，正站在凳子上擦拭着一张照片，背对着自己擦得认真专注。吴永和一时间有些恍惚，那身影、那姿势，分明是自己的妻子林可馨。杨小新手里的照片，是自己与妻子第一次见面时拍的。一直摆在自己身后柜子最显眼的地方，那时妻子林可馨非常阳光灿烂、健康有活力。与妻子第一次见面的情景像电影般，一幕幕在眼前出现——

"先生，你放错地方了，这是 203 号展厅，你看清楚点，是我们的位置，赶紧去找你们自己的位置吧。"女孩边说边把吴永和的东西使劲往外推。

"这里明明是我们的位置，我找了半天，好不容易才找到这里。"吴永和擦着满头满脸的汗水，睁着一双困惑的眼睛盯着女孩。

"这里是 203 号，明明是我们的位置，你看看我牌子上的号。"女孩指着门牌号，并把自己的入住登记牌拿出来给吴永和看，上面真真切切写着的是 203 号。

吴永和很尴尬，那自己的呢？难道真的是自己弄错了？他翻开自己的包，从里面找出入住登记牌，原来是 202 号，吴永和很尴尬地低下头，接着对小女孩露出一个抱歉的微笑。"不好意思，真是我自己弄错了。"他说完赶紧把自己的东西往隔壁转移。

那时吴永和刚回国不久，代表公司参加一个大型博览会。跟麦利妮娜分手不久的他，完全没有心思去关注别的女孩，更没心思跟别的女孩多说任何话。他把东西一一拉回自己的展厅，接着便埋头开始整理东西。

"吴永和，你的东西掉了。"正埋头把一大堆的文件资料拿出来，听到有人大声在喊自己的名字。奇怪，在这个没一个熟人的地方，怎么会有人知道自己的名字？他只当听错了，没抬头，继续埋头整理着东西。

"吴永和，你的证件，你到底要不要？"喊声比前一声要大，不对，真的是叫自己。吴永和从一大堆资料里探出头来，原来是刚刚那个跟自己理论的女孩，她正拿着吴永和的身份证冲着他善意地微笑呢。

身份证怎么会跑到她那儿去呢？吴永和纳闷。

"可能是你刚拿入住登记牌时把身份证给带出来了吧。"看到吴永和那呆萌样，女孩有些得意地帮他解围。

"谢谢你！"女孩那阳光般的笑容像花儿一般，冲散了他心中的阴云。吴永和从女孩手里接过身份证，有些难为情。

"没关系了，小事一桩，下回自己小心点，不然掉到外面可就没这么幸运啦。"女孩有些俏皮地冲他乐。

吴永和被她乐观的情绪感染得心情也开朗起来，他们之间的话多了起来，隔着一道墙，竟然有一句没一句，像多年的老朋友。只要有空，他们就凑在一起聊天，从这次博览会到各自的工作、兴趣爱好，以及聊到彼此对未来的想法与憧憬，聊得很投机。吴永和知道女孩叫林可馨，在一家大型国企工作，性格开朗，跟自己很投缘，他开始有意无意找些借口同她交往。林可馨也乐意与他交往，一来二往他们就正式确定了恋爱关系，林可馨成功把吴永和从失恋的深渊里解救出来。经过一段时间的接触与了解之后，他们选择了结婚，林可馨正式成了吴永和的妻子，那张照片就是第一次见面时在展厅门前拍的。

吴永和轻轻地走上前，突然间有点胆怯，不敢惊动正在擦拭照片的杨小新。他在办公桌的背面坐了下来，静静地等她擦完，其实他更想让这似曾相识的美好在自己心里驻留久一点。

杨小新正认真地擦拭着照片，偶然转过头，猛地一惊，发现是吴永和，便迅速调整好心态说："我很快就好，董事长，您稍坐片刻。"

吴永和的眼神有些迷离，心还在往事里飘，他坐在那儿一动不动，也没回杨小新的话。

杨小新有些心慌，已到下班时间，她不明白为什么吴永和此刻突然跑回来。她把照片擦好放回原位置，又快速地把柜子里的东西整理、收拾好。在吴永和身边工作了一段时间，她发现自己已变成两个完全不同的杨小新，一个是对吴永和特别崇拜、尊敬的杨小新，一个是听命于麦利妮娜、唯唯诺诺的杨小新。在哥本哈根，在麦利妮娜的安排下，杨小新跟踪了吴永和几天几夜，也私下对他做了一些调查，对他的情况有了一个大概的了解。但面对一个有血有肉的吴永和，杨小新还是把握不了他内心的东西，更没法在短时间内取得他的信任。麦利妮娜动用一切资源在这么短的时间内把自己安插到吴永和身边，到他的公司接任助理一职，杨小新也想象不到麦利妮娜的手段那么高明，能把小林安排好，不留任何痕迹。虽远隔万里，但麦利妮娜那双眼睛仿佛时时刻刻在盯着自己，杨小新每天的行踪，她都一清二楚。杨小新虽然已经初步取得了吴永和的信任，但接下来任务更重，她心里完全明白麦利妮娜的用意，她要伺机靠近吴永和，不择手段从他身上获取更多的信息。

　　"我已经收拾得差不多了，您进来坐吧。"杨小新露出甜甜的笑。这一刻，她把自己内心所有的情绪压了下去，展开极具杀伤力的笑容，清纯无敌。

　　吴永和一怔，他分不清眼前是妻子还是助理杨小新，特别是在超负荷的工作之后，被累得脑子有些沉重。有好长时间，他没跟妻子正常相处过，妻子的病像横亘在两人之间的一座大山，让吴永和一直纠结在一种负累与担忧中，无法自拔。杨小新的笑容，让他想起了初见林可馨时她那阳光般的笑容，像一朵灿烂的鲜花开在他的心里。吴永和感觉自己的心又被照进了阳光，像初次见到林可馨般泛出异样的光彩。杨小新感觉时机已到，她一个趔趄往他怀里倒去，吴永和本能地伸出手来抱住，定神看了看后又一把把她推了出去。杨小新有点尴尬，只那么一会儿，她眼神哀怨地注视着吴永和，那眼神里蓄满了深不见底的幽怨。吴永和被这眼神死死地勾住，无法自拔。杨小新就势依偎在他的怀里，紧紧地抱住吴永和不肯松手。

妻子病情造成的两人之间相处的距离感，加上一直潜心于立体农业的研究中，女人的温存像隔了几个世纪的记忆，在吴永和的心里已经湮灭了许久。这一刻，面对杨小新的热情，他不能自抑，不管表面上自己怎么抗拒，最后身体还是出卖了意志。当杨小新湿软的嘴唇送上来时，他最终没能把持住，内心的那点未灭的火苗突地猛蹿，吞没了他自己。吴永和被一股无法抗拒的力量牵引着往更深远的地方去，由开始的有所顾忌到完全痛苦地放飞了自己，到最后任由自己驰骋在情感的原野上。他们俩疯狂地拥抱在一起，杨小新的每一寸细嫩润滑的肌肤像磁铁般吸引着他，他们俩在办公室的沙发上翻云覆雨，欲罢不能。几个回合下来，他们折腾得都累了，紧紧抱在一起歇息。

身体的融合让他们彼此的距离瞬间拉近，吴永和有种成就感，抱着杨小新就像抱着自己的战利品，有种这世界都属于他的空旷与丰盈。他把下巴抵在杨小新的头上，体会着好久不曾有过的柔情，他只想这么紧紧地相拥，一句话也不说，任由时间慢慢地溜走。

"我去给你泡杯茶吧。"杨小新打破了沉默，抬起头亲吻了一下吴永和的嘴，然后从他的怀里钻出来。

"好!"吴永和在她额头上轻轻地吻了一下，放开自己的手。

"你也喝点吧。"喝了口茶，吴永和心情放松了许多。对杨小新的话语里多了份柔情。

"嗯。"杨小新从吴永和手里接过茶杯，喝起来。

吴永和盯着杨小新羞怯的面容，仿佛看着自己当年的妻子，他的心总在林可馨与杨小新之间拉锯般来回穿梭。此刻，他收回自己的目光，又沉默起来。

杨小新的内心反倒比吴永和自在，她为自己终于成功迈出第一步而庆幸，接下来第二步、第三步应该容易多了。

吴永和靠在杨小新的怀里，脸贴着她的胸脯，很享受地闭上眼睡着了，灯光打在他的脸上，显得疲累又安静。杨小新把头轻轻地靠在他的头上，脸贴着他的脸，暂时地享受这份温情与美好。

一个小时左右，吴永和猛地醒来，他一时不知自己身处何处，想想才记起所有的事，内心有些焦躁，他还是放心不下妻子，他不知道林可馨在医院怎么样了，得赶紧过去。吴永和从杨小新怀里挣脱出来，穿好自己的衣服准备出发。

"那你先走吧。"杨小新感觉吴永和内心不太安定，很识趣地对他说。

"不好意思，可馨还在医院，我得去看看。"吴永和脸上挂满了担忧。

"知道你惦记，没关系的，我能理解。"她起身帮吴永和整理好衣衫。

"你也一起走吧。"吴永和对杨小新说。

"你先走，我歇一会儿，等会儿自己打个车回去。"杨小新劝吴永和赶紧走。

吴永和面带歉意地对杨小新笑了笑，拿起手包就走了。

看着吴永和的背影从办公室前的走廊里远去，杨小新心里很不是滋味，但很快她就平复了自己，嘴角露出一丝常人不易察觉的微笑。她哪有心思在这里歇息，关了灯，走出办公室，她也回家了，她在心里更周密地筹谋下一步计划。

寻找出口

　　一阵狂风吹过来，把眼前的一切都吹走，黑夜成了白天，白天成了黑夜，进入时光隧道的吴永和、史乾坤、刘达飞三人已分不清哪是白天，哪是黑夜，又一阵狂风吹过来，他们被吹得天旋地转，似落叶般被风卷着，不知道要往哪个方向去。待他们清醒过来，才明白自己已误入一个莫名其妙的地方，横在眼前的是一个实验室。

　　推开实验室的门，吴永和刚迈出右脚，黑暗的空间突然传出一个骇人心魂的声音："三维空间已崩溃，时光隧道已错乱，往下走你会撞上你自己，你的灵魂和你的肉身将灰飞烟灭。"吴永和的心倏地提到了嗓子眼，迈出的右脚停在了空中，往前还是退后？他在脑中迅速地寻求答案。门已推开，只能往前，他闭上眼，硬着头皮落下右脚抬起左脚，正要落下左脚那一瞬间，恐怖的声音再次响起："想要找到你心中的答案，请从第四条隧道往前。"

　　待他们三人全部进去，身后的门嘭的一声，紧紧关闭。吴永和瞪大双眼，在黑暗里仔细地搜寻，整个实验室除了黑暗就是黑暗，没有任何别的迹象。他竖起两只耳朵，仔细地分辨，只有刚刚那声音的余音仍在黑暗中震动，实验室里再没有其他声音。他不敢贸然往前，他怕自己的灵魂和肉身真的灰飞烟灭，在这人世间，他还有许多未了之事。他一生致力的目标亩产一千吨还没实现，他不想就此灰飞烟灭。史乾坤与刘达飞也紧紧跟着他，不敢轻举妄动。

第四隧道，对，第四隧道，吴永和猛然想起刚刚那个恐怖的声音，那个声音是对自己的暗示吗？还是对自己的诱导？已经顾不了那么多。不管面对的是天堂还是地狱，不管有没有奇迹发生，不管找不找得到那个缺口，对自己来说，现在面临的唯有这条路。

"走吧，我们一起往前。"吴永和扯着嗓门喊道。虽然他看不见也摸不着另外两人，但他知道他们就在自己身边。

他们一起摸黑进了时空舱，这里没有灯，没有任何能照明的东西，到处充满令人恐惧的神秘感。他们调动全身的感觉系统，在第一隧道，他们用手、用脚、用身体能感觉的每一部分去触摸、去感觉。第一隧道的入口处有一个激光捕捉器，越过这个激光捕捉器就算越过了第一隧道口。吴永和三人一起摸索着走了过去，像过了一道鬼门关，他们缓缓地舒了口气，积蓄着力量。到了第二隧道，他们继续用手、用脚、用身体能感觉的每一部分去触摸、去感觉。第二隧道的入口处有一个微波辐射器，越过这个微波辐射器就算越过了第二隧道口，三人小心谨慎地跨了过去。好在并没有什么意外发生，大家内心有了少许的轻松。过第三隧道时，虽然同样在用手、用脚、用身体能感觉的每一部分去触摸、去感觉，但他们已完全没有开始的紧张与恐惧，在第三隧道的入口处有一个远程探测仪，越过这个远程探测仪就相当于越过了第三隧道，他们以一种胜利者的姿态蹦了过去。目的地就要到达，三人屏住呼吸，不知道等待着自己的到底是什么，是幸运，抑或厄运，完全无法预知，只能等待。

第四隧道的入口处有一个轨道望远镜，当吴永和用手一触摸到那个望远镜时，他们惊诧地发现，在隧道的深处有一道光，忽明忽暗，像萤火。带给人希望，却又让人心生绝望。他们死死地盯住那道光，或许那就是自己要探寻的终极目标。

三人追逐着那道光往前，这个时候已由不得他们自己多想，幸或者不幸，他们都得接受，而且此时他们的身体已经完全不能听从自己的思想。他们伸出手去，想要抓住那道光，刚一碰触，轰隆一声巨响，天崩地裂，都还没反应过来是怎么回事，就在这轰响声中进入了另一番天地。这里是一个完全陌生的世界，天不是天，地不是地，世界一片混沌，整个人悬在了空中，他们已完全感觉不到自己身在何处。

"时光隧道已关闭，你已进入平行世界。"他们仨听到奇怪的声音在空洞的世界里回旋，"在平行世界里你可以看到不同时期的你，登上时光机，可以在瞬间抵达你所希望前往的那个时代，实现你的所愿所想。"他们异常懵懂和激动，屏住呼吸，心里产生许多的疑问，平行世界到底是个什么世界？这个念头刚在他们脑中一闪，马上就有声音在空中回响："浩瀚的宇宙中存在着许多相似又不同的其他宇宙，它与我们平行存在，在我们宇宙中已灭绝的物种，在另一个宇宙可能正在不断进化，生生不息。"

"你是谁？"吴永和追寻着声音疑惑地打量这一切，身后的两人也心急如焚。

"我能看得见你的世界，你却看不见我的身影。我是时空隧道管理者。"那个声音似乎在头顶，又似乎是在身后，仿佛又无处不在。

　　他们仨呆立在那儿，不知所措，眼前的世界让他们茫然，到底是个怎样的去处，他们完全不知道。"心之所向，身之所往，终至所归。搭上时光机，你将去向任一你想去的世界。"这声音是那么空灵，像一阵风突然飘忽到了他们仨面前。

　　"时光机，在哪儿？这儿哪有？"吴永和前后左右急切地寻找。

　　"用心、用情、用力，没有找不到的东西。"随着声音响起，吴永和听到嗖的一声，有东西从身边穿过，时光隧道管理者说完这番话已扬长而去。像一缕轻烟，瞬间消失得无影无踪。他们陷入迷茫中，不知道自己身在何处，也不知道眼前到底是哪年。

　　一会儿，整个实验室地动山摇，他们仨在里面站立不稳，被晃得滚来滚去，吴永和重复着自己所想所愿，没容得他继续往下想，整个身体已超越自己的思想飞了起来，时光机带着他即刻进入了另一番天地。

三年后

入夜，神农管家科技有限公司的实验工厂如同白昼般，吴永和同史乾坤正召集一起合作的华南科信基因公司的技术人员及生产LED灯的能源公司的技术骨干开会，一起讨论如何解决未来的种子基因及光照等一系列问题。

"让种子如何适合未来环境，改良相应技术，克服在无土栽培、水培、多层种植中出现的问题已成刻不容缓的任务。请华南科信基因公司谈谈你们的看法。"吴永和做了开场白。

华南科信基因公司的赵大为想了想回道："种子问题的核心就是基因的优化。基因转录翻译是一个复杂的过程，每一步都关系到蛋白质的最终表达，其中密码子使用频率、mRNA 结构对蛋白表达有着重要影响，因此对其进行优化有助于提高蛋白质的表达效率。我们根据蛋白质表达过程中的影响因素，自主研发了软件对基因序列进行优化，从根本上保证蛋白表达的效率。这项密码子优化及基因设计技术，能显著提高靶蛋白的表达水平。传统的优化方法通常仅考虑密码子使用频率及改造 mRNA 部分结构，我们的优化设计技术顾及了 mRNA 的完整结构。只要您选择正确有效的蛋白表达及纯化方法，使用自有基因优化设计技术后，蛋白表达水平至少能提高10倍。"

华南科信基因公司的李立强接过话题继续说："常用氨基酸有20种，对应的遗传密码子却有64种，密码子与氨基酸是多对一的关系。对应同一氨基酸的不同密码子被称为同义密码子。同义密码子在不同生物体内的使用频率是不同的，那些被频繁利用的称为最优密码子，不被经常使用的称为稀有密码子。用于生产蛋白的原核生物都表现出对于同义密码子的不同使用频率，也就是所谓的密码子偏好性。密码子偏爱性影响 tRNA 的丰度，由于 tRNA 是 mRNA 翻译成蛋白质的直接执行者，tRNA 的多少与蛋白质表达的效率直接相关，因此在优化密码子时将目的基因中的稀有密码子替换成宿主细胞常用的密码子，能够有效提升表达效率。"李立强结合实际给大家讲了怎么把花生通过基因优化变得如芝麻般多油，然后榨完油后的残渣里面的蛋白质含量跟大豆差不多。而且通过基因的优化，让植物更适合立体种植的环境。

能源公司的肖怀义也按捺不住表达起来："我们现在可以让植物对光谱的要求没那么宽，正好等于我们 LED 发光的光谱。LED光谱价格有高低，如果让这个植物刚好适应的是低价的 LED 发光光谱，那么既省钱效率又很高。成本也就降低了，产量同时得到了提高，经济效益也得到了提高。在立体种植当中，植物想要什么条件，我们都可以创造，但基于成本考虑，实现更优成本，也是非常好的思路。"

"是的，在这么好的条件下，基因怎么优化？基因优化方向跟在自然界的优化方向是不是一样？现在的基因专家分两种：一种是农业基因专家，一种是纯基因专家。纯基因专家，他们搞农业的话，不是朝着立体种植农业方向，而是搞自然条件下或塑料大棚里基因的优化。另外，纯基因技术就是基因编辑技术，他们在动物身上、动物的胚胎细胞里面编辑比较容易，因为动物的胚胎细胞在液体中可以操作，用针实现改变基因。例如，对鸡蛋里边的胚胎进行基因编辑、优化是很容易的。但用大豆来搞基因编辑，就困难些，也不好操作。植物的基因优化也只有通过基因编辑才可行。"华南科信基因公司的赵大为接着说道。

"嗯，前段时间我试着优化大豆基因。"史乾坤把大家引向他正在试验的大豆基因话题，"因为大豆长势过高，不太适合立体种植，要想让它变成适合立体种植，就必须得改变它的基因，让它变矮变小。在华南科信基因公司李立强工程师的帮助下，基本改造成功，大家等会儿散会可以去参观一下。"史乾坤说到自己的研究成果很是骄傲。几个公司的技术员听后赞不绝口，他们对未来作物的改造充满了信心。

"通过一段时间立体种植以后，用现有的种子去种植，肯定是有问题的。优化改进势在必行、不可避免，而且一定是大有可为。单纯从基因改造这个角度，应该有很多的作为，局面我们已经打开，现在就是如何改进，如何取得更好的成果。"史乾坤带着大家参观了他最近进行基因优化后的几种产品，一种比一种优越，一种比一种神奇。大家从心里由衷地发出赞叹声。

"像我们现在的机器人产业一样，在十几年前，是没有人来搞这个东西的，而现在非常多的国内外专家都在搞。所以，我们必须让种子去适应未来的环境。"吴永和面对技术人员也不免发表感慨。

　　吴永和认为最应该推行立体农业的国家就是中国："要利用立体农业的长处，结合自身国情，发挥立体农业应有的优势。现在我们研发基地全部采用新科技新能源，让农作物生长快，成本低，正朝着打造现代化农业综合体方向努力。世界正面临可持续发展和人口增长方面的重大挑战，人类必须要重新思考生产粮食的方式。现在全球有大约37%的土地用于农业。而农业用地却不时受到气候变化等各种客观因素威胁。全球有四分之一的农业用地已经退化，粮食安全面临威胁。像立体农场这样的新型室内种植方式，为正处在危机状态的传统农业提供了一种解决方案。"

　　刘达飞也接过话题说道："现在我们所有种子都在凝胶中发芽扎根，其营养成分来自内部生物肥料，由先前收获的农作物发酵残渣与添加的天然矿物质制成。运载营养的水经过处理，可以循环利用，从而让农场使用的水量比传统农业少得多，每公斤农作物用水量为6升，已经是田间农作物用水量五分之一。垂直农场大多是水培或气培系统，这意味着使用的不是土壤，而是聚氨酯海绵，可生物降解的泥煤苔之类的替代材料，甚至是无机材料，如珍珠岩和黏土球团等。立体农场的另一个独特之处是，它们使用的精准养分配方，在整个设施内不断被循环和回收，并直接输送到蔬菜的根部，来促进植物的生长。大田种植的时候，水分有90%多挥发掉了，其余的渗到土壤里去了。因为根部的面积占土地总面积的比值非常小，同时挥发量是很大的。叶子也会挥发水分，立体种植的时候，这种太阳照射的挥发就没有了，叶子挥发的水分也被存在我们空气中。密闭系统中的水分通过冷热调节系统被回收掉，这就是它节约水的原因，理论上，只需要按照每公斤植物生长所需水分，配相应的分子状态的水，再考虑一定周转量和损耗量就可以了。"

"是呀，立体种植基本上就是针对水分子进入到植物的种子或者植物的根茎，这个分量占比是很小的。另外没有太阳的照射蒸发，叶子蒸发的水分被我们的空调系统给回收了，这部分水是没有被消耗掉的。"史乾坤回道。

"讨论了这么多，我们的最终目的是提高农作物的产量。"吴永和说，"目前单位面积上的产量可能并没得到提高，说不定还有所下降。但总产量我们是提高了，我们多层种植了，昼夜温差时间缩短，生长周期缩短，我们的种子通过基因优化在单周期单位面积上的产量提高。比如双季稻，一季的产量就小于单季稻的产量，但两季加起来总量就高了。单季稻的产量最高的是 1300 多公斤，如果双季稻的话，它就可能达到 3000 多公斤，因为单季稻的生产周期高于双季稻，所以双季稻的产量还是要高些。在产量方面，我们的脑子要非常清醒，这个概念跟大田里种植的产量概念是不一样的。我们是利用建筑，在占地一亩的情况下，首先使种植向空中发展，利用人工条件、机械装置、智能控制，实现农作物多层种植或垂直种植或反重力种植，一年内多季次种植，24 小时多次昼夜更替等技术进行的植物种植。我们的产量有好多种计算方法。在立体种植条件下，单位面积如：一个平方米，垂直投影面积下，植物在一季播种、发芽、生长、收获内的有效可利用部分的产量，单位千克，面积平方米，立体种植下的单位面积、单位产量、名称用季米产，单位是 $kg/m^2/$季。"

吴永和与史乾坤同各公司技术人员从理论到实践的讨论，整整持续了一天时间。

饯 行

吴永和领着杨小新上了三楼，一到房门口，服务员满面春风地迎上来，非常热情地把他们引进包房。

神农管家科技有限公司的立体农业从一开始立项就受到农业局林副局长的鼎力支持，但那时农业局没什么经费，加上周科长经常提一些很有道理的质疑点，要扶持一个这么大的项目很困难。后来林副局长调到科创局任局长的时候，想办法在创新产业发展专项扶持资金项目下给他们每年拨一批款。有了这笔资金，解了神农管家科技有限公司的燃眉之急，所有的研发项目才得以持续下来。现在林局长要走了，他被调到一个地级市达达州市做市长，吴永和领着杨小新，叫上史乾坤、刘达飞等为林局长饯行，感谢他这几年的帮助与支持。

服务员把他们俩领向包间的时候，史乾坤、刘达飞他们已经到了，他们俩正坐在沙发上喝着茶。离约定的时间还差15分钟，林局长还没到。吴永和、杨小新也加入他们一起喝起茶来。离开饭还有1分钟时，林局长风尘仆仆地进来了，他身后还跟了一男一女两个人。大家赶紧起身把林局长恭敬地迎入席中。

"这位是明源居投资控股集团的董事长钱寿义先生，今天领他来跟各位认识认识，大家也可以相互聊聊，看看后续有什么项目能合作。"林局长一入席就给大家介绍了他带来的朋友。"旁边那位是他的助理小魏，钱总的得力帮手。"林局长说完招呼大家坐下。

神农管家科技有限公司的几人同时打量着钱董事长，他长得高大英俊，骨子里透出一点蛮横气，恰到好处地把老板的霸气收敛于胸，让人一见便有一种距离感。吴永和把自己的几个人一一向钱总和他的助理做了介绍，并对钱总二人的到来表示热烈的欢迎。菜陆陆续续地端了上来，林局长鼓动大家赶紧动筷，一边吃一边聊。

"钱总是做大生意的人，能与钱总一同吃饭真是我们的荣幸。我们是小公司，目前资金来源方面除了向朋友借的，其余的主要靠政府资助，大部分的资金都用到了科研方面，远远不能够满足公司发展的需要，钱总如果肯赏脸拉我们一把，咱们共同把公司做强、做大。"吴永和不失时机地向钱总说明公司目前的困境，提出自己的需求。

"当然，这个不用你们说我也义不容辞。得说明的是，我们公司以房地产业务为主，以前公司的市盈率高，市值也高，辉煌的时候每年销售额100多个亿，纯利润10个亿，一年给你们投资一个亿都不是问题。但现在房地产市场不景气，销售额下降，没了纯利润，各方面支出很高，负债率高，股票跌得厉害，目前市盈率只剩3.7了，前段时间还跌到2.9。现在是资不抵债，负债率已90%多了，我们房地产公司当前的处境很凄惨，想突围。前两天我跟林局长提起过，林局长也爱莫能助，不过他建议我们强强联手，说不定能打通一条光明大道。现在很多房地产公司转向搞产业，搞产业地产。什么是产业地产呢，我给你们讲讲吧。说书面一点，就是围绕着曲线构建的产业价值链一体化平台，以产业为依托，地产为载体，实现土地的整体开发与运营。用我们业界的话来讲，就是以独栋写字楼、高层办公楼、标准化厂房、中试研发楼为开发对象，整合自然资源、社会资源、经济资源等，打造产、学、研产业集群，帮助政府改善区域环境、提升区域竞争力；帮助企业提升企业形象、提高企业发展力的新型产业形式。既然我们双方都有需求，现在可以联手搞农业地产、农业科技。第一，我们可以获取产业用地。第二，我们联手后重新注册农业科技公司，有了科技的概念，可以贷款，这样我们就可以共同渡过难关。人嘛，不管你再要强，在现实面前我们不得不妥协。科研本身是要花很多钱，现在政府给你们的资助也是杯水车薪，我们联手一起，先把事情做起来，以后还可以多找几个老板一起把这个事业做大做强。"钱总说了很多，一个是为了支持农管家的科技产业，另外他还有一个终极目的，怎么帮自己渡过难关。

对于怎么经营，吴永和也曾考虑过，但也仅限于他所能理解的范围内。他擅长在研究立体农业和怎么样实现自己立体农业的理想，其他方面了解到的很有限。这种产业地产的新概念给了他强大的冲击，他觉得一定可行。

"听了钱总对产业地产的诠释，蛮感兴趣的，这倒是条合作共赢之道，但要在这个城市实现比较困难，这里寸土寸金，要拨一大片地来建造一个前途还不明朗的立体农业项目，是不大可能，我看我们还得另想办法，找一条两全之策。"吴永和说。

"我们可以先在院校试行。"钱总的助理小魏提议道。

"批量试产或大规模生产可以选择放在郊外，或者更远的较荒芜的土地，那样在用地方面我们就可以节约一大笔开支。"史乾坤插进一句。

"对，我们长远的目标就是要把荒漠、戈壁利用起来，建造我们的农业王国，建成一个集约化的生态大农庄。"钱总接过话题有些兴奋。"我们别光顾聊自己的事，今天是为林局长饯行，先暂停讨论，我们一起来为林局长调任新职干一杯。"钱总话题一转，边说边举起杯来，大家也跟着举起杯来。

"祝福林局长旭日东升紫气来，步步高升喜气足。"钱总带头祝福起来。

"升职升迁不生疏，友谊万岁不含糊，愿您升到高处心满足，继续奋斗大展宏图!"吴永和也跟着祝福。

"祝您高升，一升再升，'升升'不息，幸福永远!"史乾坤也不落后。

"话不在多，一句就行，祝贺您老高升!"刘达飞趁着热闹赶紧跟上一句。

"祝您事业成功身体好，来日更把凯歌奏!"杨小新也举过杯来祝贺一句。

大家都祝福了，坐在旁边的小魏也赶紧补上一句："恭喜升职。祝您事业有成，步步高升。"

一人一句，大家从心里为林局长祝福。林局长的好，大家都清楚明了，这一刻所有人都舍不得他走，希望他能继续留下来。

林局长谢谢大家的祝福，并告诉他们自己留下来是不可能了，他劝双方都不要着急，任何事情总会有转机的，慢慢想办法，他也会尽自己最大能力帮助大家。一直到11点多，他们才依依不舍地道别。

芭比果

　　史乾坤研发出了一种特别好吃的水果，叫芭比果。有着樱桃般的外形，百香果的香味，猕猴桃般含量丰富的维生素，草莓般的酸甜可口，入口甜而不腻，酸度适中。他特地邀请农业局的周副局长及刘幼本、田致森、司玉林、刘和成、白青生等几名专家前来参观及品尝。

　　第一次项目申报答辩会上，周副局长还是科长，他同刘幼本、司玉林三名专家不同意给神农管家科技有限公司的项目在农业局立项。他们认为时间跨度太长，所需经费数额过大，而且具有不确定性，直接否定掉了。林副局长虽然很赞同这种新型的农业，但他不能彻底否定周科长等人的意见，本着扶持新生事物的想法，拉着几位农业专家反复讨论商定，最后报上级批准，找了政府担保基金给了神农管家科技有限公司贴息贷款，连续三年，按年度发放。算是解决了一部分资金需求的燃眉之急。直到林副局长调到科创局任局长，才想办法在创新产业发展专项资金项下给他们每年拨一笔款，从根本上解决了神农管家科技有限公司的研发经费。

　　虽然不多，但对吴永和与史乾坤来说，已是莫大的支持与鼓励。有了这部分资金的帮助，他们有了底气去外面募集更多的资金。经过多方面的努力，他们也募集了部分外援资金，除了信农源投资股份有限公司对自己的全力支持，还有万福盛集团有限公司的鼎力相助。经过几年的摸爬滚打，已实现了实验室及实验舱内的立体种植技术，并发现其潜在问题点，而且予以改正从而实现进一步的发展。他们准备实现示范点中 1～10 亩工业化立体种植的机械、传感、控制、物种在各种区域条件下的多点试验示范，及相关余物处理技术的具体运用。

现在研发出的这种芭比果，就是实现植物种子阶段、胚胎阶段内基因编辑技术突破的成果。编辑大量不同片段的基因，并且各选定物种的特性对应基因被找出，进行优化，所以它的口感特别好。而且产量也特别高，既适宜小型化立体种植，也适合大型立体种植。

当杨小新把洗好的果子端上来时，大家都眼前一亮，这种果子晶莹剔透，像透光的红宝石，诱得人口水直流。

自从林副局长调到科创局之后，周科长接替副局长的位置，虽然立项时与他们站在对立面，但此时周副局长还是先尝了一个，口感确实太棒，他不禁对这水果赞不绝口："立体种植真的是太神奇了，想要吃什么口味、要有什么样的营养都可以实现。"

紧接着刘幼本、田致森、司玉林、刘和成、白青生也先后品尝了，个个点头叫好。他们都不敢相信神农管家科技有限公司在这么短的时间内，能在植物胚胎阶段实现基因编辑、人工优化、非自然授粉、筛选时间周期、完成物种选择、种植参数测量等技术，周副局长心里即便对他们有成见，可在事实面前不得不心服口服，跟他们一起表现出对神农管家科技有限公司的未来充满信心。

"这种芭比果产量高，口感好，非常适合人体需要。但它的保存期应该不会太长，不能够进行长途运输。"周副局长突然找到了它的一个不足之处，很专业地提出来。

"虽然它的保存期不是很长，不能够进行长途运输。但它在各种立体种植场地都适合种植，方便灵活，随便哪个空地找个角落都可以种植。城市中心，或者是餐馆，或是超市，甚至是一些居民区，它不会苛求什么样的环境，可以靠近消费点生产。"史乾坤马上接着周副局长的话题往下说。

吃完水果，吴永和与史乾坤带领他们一起去参观。吴永和边走边介绍："目前，这种水果是小规模生产，客户可以提前在手机App上订购，通过后台数据控制，将订单传输到现场，机器人会根据订购的数量安排生产，可能两个礼拜左右就能成熟，芭比果就可以送到订购人家里。"

周副局长问："现在核心问题就是你种的东西有没有市场？人家会不会埋单？"

"这就得靠我们自己宣传到位。"史乾坤回道，"那些高端食材，价钱很贵，但还是有很多人去买。比如鳜鱼，价格也不便宜，但也有人买。所以说市场是有的，得靠我们后续去开发与维护，这实际上不是什么特别难的事情。"

吴永和与史乾坤带着周副局长一行人，参观完芭比果的生产全过程后，回到办公室，他们就这种水果的特性及生产方面的问题做了讨论与总结。大家都非常满意，连一向不太赞同立体农业的周副局长也不得不佩服立体种植的神奇与伟大。

风　波

　　神农管家科技有限公司内一向忙碌，大家都在为新的研发目标找定位、找方向。吴永和正埋头处理一大堆的文件，杨小新进来了。

　　"董事长，刚接到一个电话，市长要来我们公司，具体什么事没说，感觉是一件非常严肃的事。"

　　吴永和一怔，不知道发生什么事，竟然惊动了市长，片刻，他稳定了自己的情绪："知道了，你去吧，马上通知各部门收拾打扫一下，迎接市长的到来。"

　　公司上上下下立刻进入紧张状态，特别细小的地方，他们都认真、仔细地打扫过。

　　等了许久，一上午就这么过去了，没见市长的到来，大家绷得紧紧的神经终于松懈了下来，中午一下班，个个如脱缰的野马奔出公司。

　　下午，进入公司，大家似乎忘记了这回事，各自忙活自己的工作。吴永和也投入自己的工作中，他吩咐杨小新随时注意动向，只要一有风吹草动就通知自己。

到了三点左右，所有人都不抱希望的时候，市长一行几人出现了，杨小新完全没意识到他们会在这个时间到来，赶紧跑去通知正在忙碌的吴永和。

"董事长，市长他们已进公司大门了。"说完她立马回到自己岗位上准备迎接。

吴永和赶紧收拾手上的资料，整理好眼前的摆设，理了理身上的衣着，调整好自己的情绪出门迎接。

市长不是一个人来，他后面还跟着林局长和另外几个不认识的人。林局长不是已调往达达州市任市长了吗，怎么会出现在这儿，吴永和心里充满了疑惑。看着市长严肃的脸，吴永和不免有点担心起来，到底发生了什么事？他打量着每个人的脸，想从他们的脸上知道究竟，可每个人的脸上一点表情都没有，看不出任何答案，连一向对自己很友善的林局长此时也满脸的严肃，不露丝毫痕迹，他只好很客气地先把他们几个人引入会客厅。

杨小新给每人倒了一杯茶，然后退出了会客厅。

"是这样的，有人看到了芭比果的新闻报道，打市长热线做了实名举报。说你们把芭比果吹得那么高大上，实际上根本不是这么回事，它只是个华而不实的东西，说我们上下串通一气，打着科技的幌子骗取政府的资助款，让市长把这件事情调查清楚。"其中一位领导对着吴永和说道。

听到这儿，吴永和才知道发生了什么事，一颗悬着的心也终于放了下来。对他来说，这个问题根本不是个问题。

吴永和很淡定地跟他们说道："我们的芭比果是实现植物在种子阶段、胚胎阶段内基因编辑技术突破的成果。编辑大量不同片段的基因，并且各选定物种的特性对应基因被找出再进行优化的，它具有很多水果的优点，是一项成熟的科学研究成果。如果说华而不实，那么它就只有漂亮的外表，没有丰富的内在，而我们的芭比果是含有丰富的维生素，可以迅速补充人体的需要。我们从一开始就是按正规的程序向上面申报，并没有串通谁，所有的资料都可以证明。我们公司从成立到现在一直从事的是农业科技研究，不需要打着科技的幌子。骗是用谎言和诡计使人上当，我们并没有使用谎言，也没有使用诡计，我们只有多年的科学研究经验与成果。"

吴永和说完让杨小新找出他们当初申请项目的所有资料，并让史乾坤安排工作人员端上芭比果。

市长听完吴永和的辩驳，并未立马做出回应，他还在思考。作为市长，他一天的工作很忙，要处理的事情也特别多。来神农管家科技有限公司的确是为了投诉一事，但也不光是为了这事而来，他想真正地了解一下立体农业，了解它的发展与前景。他把目光转向林局长，林局长从他的眼神里看出了他的用意，立马接下了话茬。

"当初之所以支持神农管家科技有限公司发展立体农业，是因为我认真详细地研究了他们递交上来的资料，觉得立体农业必定会成为农业生产上一个重要课题，也会是一个难题。他们在领域的扩展，项目的开发，技术的开拓等方面更需要得到重视与支持。应该鼓励他们合理利用自然资源、生物资源和人类生产技能，实现由物种、层次、能量循环、物质转化技术等要素组成的立体模式种植的优化。在物种结构、空间结构、时间结构、食物链结构和技术结构等方面实现综合运作，达到现代农业科技优化组合的目的。让多种相互协调、相互联系的农业生物种群，在空间、时间和功能上多层次融和，形成优化高效的农业结构。"林局长停下来喝了口水，接着说道，"调到科创局之后，我确实在职务权限内助推了他们一把，因为发展立体农业，如果成功，效益可观，前景十分广阔。不过风险确实是存在的，而且很大，整个扶持工作的过程完全可以接受全面审查。"林局长说这些话时看着市长身后那几个调查组的人。

调查组的人正对杨小新摆在会客室桌面上的所有资料进行详细审查。

史乾坤安排的芭比果也端了上来，他让工作人员首先把它端到市长面前。市长看了看这么漂亮的水果，拈了一颗放进嘴里，舒爽可口，紧皱的眉头终于舒展开来。

看到市长态度有所改变，吴永和趁机说："芭比果就是利用了立体农业的优势。利用闲置的空间领域，不占田土山林，根据生物物种的特性进行垂直空间的多层配置。这样既解决发展农业生产与土地紧缺的矛盾；又不需地力投资，能有效地利用空间，实现了特殊的经济价值，自然资源的深度利用，主产品的多级、深度加工和副产品的循环利用；技术形态的多元复合等。立体农业是生态农业的重要组成部分，对改善我国生态环境、促进生态农业的发展有很大作用。体现出几大优点：集约，即集约经营土地，技术、劳力、物质、资金整体综合效益；高效，即充分挖掘土地、光能、水源、热量等自然资源的潜力，同时提高人工辅助能的利用率和利用效率；持续，减少了有害物质的残留，提高农业环境和生态环境的质量，增强农业后劲，不断提高土地生产力；安全，即产品和环境安全，体现在利用多物种组合来同时完成污染土壤的修复和农业发展，建立经济与环境融合观。所以说来，开发立体农业、发挥其独特作用，可以充分挖掘土地、光能、水源、热量等自然资源的潜力，提高人工辅助能的利用率和利用效率，缓解人地矛盾，缓解粮食与经济作物、蔬菜、果树、饲料等相互争地的矛盾，提高资源利用率，充分利用空间和时间，通过间作、套作、混作等立体种养、混养等立体模式，较大幅度提高单位面积的作物产量，从而缓解食物供需矛盾；同时，提高化肥、农药等人工辅助能的利用率，缓解残留化肥、农药等对土壤环境、水环境的危害，坚持环境与发展双赢，建立经济与环境融合观。"

吴永和领着市长和林局长参观了自己的公司和实验厂房，每走到一个地方，都会耐心地给他们讲解。走完一圈回到会客厅，调查组的人刚好查完所有的资料，现场没有查出任何问题。

"老林，好了，这下应该可以放心地放你走了。"市长拍拍老林的肩，表示了他的意味深长。

林局长跟吴永和握了握手，他们几个便一起告辞了。

在回市政府的车上，市长若有所思，而调查组人员显得轻松许多。

市长突然转身向林局长问道："小林，立体农业这个项目看上去历程会很长，短时间难以出成绩，而前景的不确定性很大，科创局支持或扶持起这个项目……"市长饱含期待的目光看着林局长，等待他的回应。

林局长理解市长的深意，略微思索了一下回复道："领导，是这样的，起初的考虑和领导是一样的，深入了解后，认为如其成功则造福于产业，造福于市里，造福于国家，甚至造福于人类。不成功则和绝大多数创业项目一样，默默无闻地消失。市里一直执行事后赞助的政策，前些年才调整可以有一定比例资助创新项目，并允许一定比例容错。考虑到此项目如果成功，或于过程中部分实现相应技术，那都是大的科技效应、经济效益和社会效益，也会对市里相关产业有很大的拉动。加之前期他们自己已经投入相对多的时间和几乎全部自有资金，他们仍锲而不舍坚持研究。同时又拉来社会资金共同投入，可以帮助管控企业管理风险和社会道德风险，冒一些风险提供一部分政策扶持资金，只能由科创局担当下来，领导，你说是不是这样?"

市长听着，又看了看林局长，微微地点了点头。

走出精神病院

"吴总，我建议你还是把夫人送到精神病院去治疗一段时间，公司这边找你的人那么多，很多事等着你去处理，你三天两头往医院跑也不是个办法。"每次没有外人在场的时候，杨小新对吴永和说话的语气与方式明显不一样。她对着手机焦急地等着吴永和的回复。

吴永和满脑子想的是怎么样对付妻子手机里的那个微信好友，他想尽一切办法一定要弄清楚对手是个什么样的人，究竟为什么要用这种残忍的方式来对待自己的妻子。他完全没有心思理会助理杨小新在说什么，更没心情照着她说的方式去做。整个人完全沉在那个奇怪的微信里出不来，对方是个心理方面的高手，她竟然能用一种奇特的心理暗示法让妻子林可馨一步一步走入她的魔咒里，无法自拔。吴永和纵有几个脑袋也理不清头绪，对方这样做的目的到底是什么。

"吴总，夫人现在的病情到底怎么样了？要不我替你去医院照顾夫人，你来公司处理问题吧。"杨小新电话里的声调开始有点往上扬，她着急地等着吴永和的回话。

"唉，情况很糟糕。"吴永和心不在焉地回道。他一直纠结在妻子那个微信好友上，绞尽脑汁地思索着，越想把事情弄清楚越一团糟。

"要不你先回公司处理事情，我在这儿顶一下。"

听到杨小新的声音响在耳边时，吴永和吓了一大跳，他没想到杨小新真会赶来医院，而且这么快，估计这会儿公司的事情堆得实在糟糕透顶。

"这种状态我哪放得下。"吴永和眼睛直直地盯着前面的墙壁出神，妻子的病情比上次更严重，吴永和忧心忡忡。

"今天的状况比前几天稳定了许多。"医生进来给林可馨量了体温，然后对吴永和说。

"谢谢医生！"吴永和边说边握住妻子的手，生怕她再有什么情况发生。

"要不我们找一家靠谱的精神病医院让夫人先养着，慢慢调，这样你也好脱身处理公司的事。"杨小新极力建议。

吴永和沉默着，他没说行，也没说不行，完全不在状态。

"你这样怎么能行？那么大一个公司等着你去运筹。董事长，你听我一句行不行？我们找一家好一点的医院。"杨小新看着吴永和不理不睬的样子，有些着急。

此时的吴永和却听不进去助理的话语。

这时医生又来了，他给林可馨做了一些常规性的检查，一切都很正常。听到结果，吴永和就想发火，每次各方面检查都正常，可回到家偏偏又出问题，让吴永和极度纠结与恼火，但看到医生那诚恳又唯唯诺诺的样子，他又压住了内心的愤怒。

"董事长，精神方面的疾病很多是没办法检测出来的，你听听我的建议好吗？把夫人送到精神病院疗养一段时间，兴许她能有所好转。"杨小新使出浑身解数来劝说。

医院也查不出个所以然来，吴永和急于让妻子能有所好转，经过助理反复劝说，终于同意与助理杨小新先去精神病院看看。

吴永和的妥协让杨小新心里暗喜，她事先早就联系好了一家精神病医院，这下她迅速与对方确定好过去的时间。

精神病医院离妻子住的医院并不远，他们决定走过去看看。一路上，吴永和只顾埋头往前走，没法从妻子病情的阴霾里抬起头来，更没有心思顾及别的。

看着吴永和的背影，杨小新不敢多说话，他能听取自己的建议来精神病医院已是万幸，她生怕自己一开口，所有的努力都成泡影。取得他的信任是一件很不容易的事，她不想因小失大，该收敛的时候必须得收敛。

没走多久就到了，吴永和与杨小新一起找到院方领导谈了有关妻子林可馨的病情，从一开始得病到现在的状态。院方领导给他们详细地分析了林可馨的病理，并组织相关人员做出了一套完整详细的治疗方案。双方谈得很顺利，也很愉快，一开始吴永和从心里不怎么情愿，现在听了院长的分析，看了他们做的方案，也欣然接受，打算把妻子接到这儿来调理一段时间。

杨小新一路的谨慎终于有了收获，她在心里暗自庆幸自己取得的成功，她要一步一步地走进吴永和的生活，让他对自己绝对信任。

他们俩与院长道别，出了院长办公室。绕过门诊部往大门口走的时候，吴永和突然看到住院部那边的窗格子里面有病人在那儿又哭又闹，撕心裂肺，令人透心地寒。吴永和突然想起自己在丹麦那个晚上的梦，心里一瞬间觉得有些毛骨悚然。他的眼前仿佛涌动的是鲜血般的急流，听到急流远处令人胆战心惊的嘶喊，蝙蝠、老鹰、枯树，黑压压的一片，在夜的深处出没。一股强烈的风从格子笼后面吹过来。"放我出去，放我出去！"尖厉的呼喊声一阵阵从暗夜里飘出来。他仿佛听到的是妻子的声音，在黑暗深处朝着自己呼喊。吴永和使劲伸过手去摸索着，却怎么也碰触不到妻子。那一格一格的囚笼里，吴永和睁大眼睛张望，却怎么也看不真切妻子的脸，只有林可馨凄厉的声音在天地间悠悠回旋。吴永和一个激灵，剧烈的担忧与害怕迎面袭来，让他刚刚做的决定在慢慢动摇。

"小新，我决定不把林可馨放到这儿了。"吴永和对着往前走的杨小新喊道。

"为什么？刚刚不是说得好好的，院领导的病理分析及相关的治疗方案也那么详细、完整。"杨小新一时百思不得其解。

噩梦再一次缠绕着吴永和，从精神病院到妻子住的医院，他的心一直没法平静下来。也许梦是一种潜意识的提醒，也许越来越多的人得抑郁症，是这么多的高楼大厦、这么多无形的笼子，把人圈了起来，无处诉说，没法交流，心灵得不到慰藉与平衡造成的。吴永和开始自责自己刚才的行为，他觉得自己差一点把妻子送进火坑。

"小新，我去公司，你帮我留在医院。"吴永和边对杨小新说话边往门外走去。

一路上，吴永和在心里暗暗下决心，自己的立体农业一定要成功，一定要让各种植物、粮食与蔬菜上楼生长，让人类回到地上呼吸，解放被桎梏的灵魂，回归人的天性，让人与人之间的关系更加密切，让人与自然的关系更加紧密。

杨小新呆呆地望着吴永和的背影，想到自己的一番努力全付诸流水，她有些怅惘地掉转头去。

点燃新希望

　　神农管家科技有限公司在近郊展开试验示范试点的准备工作，如火如荼地进行着。报告已呈上去近半个月，上面却没有一丁点反应。吴永和派史乾坤去打听，费尽周折才得到消息，周副局长一直把报告压着，根本没往上呈报。整个农科项目的审批由周副局长负责，要想产业试点成功，必须得经过他这一关。他认定的事情，没人敢反驳。自从林副局长调到达达州市后，没有人在上面关照他们，面临各种各样的难题，每跨出一步都相当艰难，到底能不能产业化，还是个未知数。

　　吴永和想到了林局长的好朋友钱寿义，马上找他来商量对策，听了前因后果，钱寿义完全明白是怎么回事。他把手放在吴永和肩头拍了拍，安慰道："祸兮福所倚，福兮祸所伏，这对我们来说说不定是个好事，东方不亮西方亮。"

　　林局长赴达达州市做市长三个月后，明源居投资控股集团的董事长钱寿义随后赶到了达达州市。他联合吴永和一起，在达达州市成立了一家新的公司——源农科技发展有限公司，钱寿义主要负责资金方面的筹集，吴永和主要负责技术方面的输入。在林市长的支持下，他们拟订了详细的产业化试点工作方案，并准备大干一番，做出点成绩来。

钱寿义的明源居投资控股集团资金很紧张，已经欠了银行几百个亿，实际上已是资不抵债。他必须得寻求新的发展，与吴永和联手做产业地产，他没想过会做成什么样，但这已是背水一战，供应商追债，银行也追债，他不得不往前走。有了源农科技发展有限公司，他可以名正言顺地获得上面的政策支持，有了强有力的后盾，他们顺利地办到了批地和贷款，钱寿义"满血复活"，对未来充满了信心。他把小魏留在原来的公司，应付日常事务。在这边新招了位贴身秘书常慧芯，帮他打理一些生活及工作中琐碎的事情。常慧芯看起来比小魏要高雅、漂亮，人也很机灵，更有幸的是她也是农业大学毕业的，学的是种子科学与工程专业。适当的时候，在专业方面可以帮到自己，钱寿义对常慧芯特别喜爱，去哪儿都把她带在身边。

源农科技发展有限公司成立不久，钱寿义接到林市长发来的指令，要加快筹备本市大规模立体农场产业试点的进度，同时也要尽快完善城市周边小型立体农场试点的发展规划。任务急，压力大，钱寿义把吴永和召过来商议，经历过公司大大小小事务和妻子的病，吴永和变得稳重、老成了许多，他如今已不再是一个只会钻在技术里面的学究派。整个人的思维变得开阔，性格变得包容，考虑问题也成熟了。经过与吴永和再三商量，最后两人敲定，一年内在达达州市建成试点的立体农场，并向外寻求更广阔的发展。吴永和的神农管家科技有限公司将在一年内培养出不少于一百名的顶尖农业方面的技术人才，不光要往达达州市新成立的公司输送，还得准备往新筹备的更多方向输送，有了技术的后备力量，才有扩展的底气。

回到神农管家科技有限公司，吴永和根据与钱寿义的商议与安排，给史乾坤和刘达飞分配了任务，史乾坤负责新技术人员的培养及全国各地大规模立体农场筹备的技术指导，刘达飞主要负责城市周边小型立体农场配套技术指导及利用新科技、新能源，让农作物生长快，成本降低，打造农业综合体的具体实施。

刘达飞把现有的技术人员组织起来，成立了研究小组，并从外面招聘了大批专业技术人员进行实地培训。迅速落实具体事项，主要从光、温、水、气、热等方面制造人工气候室为作物提供有利的生长条件，虽然气候室的造价比温室高很多，但必须得冲破这层障碍，才能有所建树。经过一段时间的精心研究，他们取得不错的成绩，好几个方面都有了显著的进步与提高。

在光能方面，他们发现除不同的农作物需要的光谱不同之外，同样的农作物在不同的生长阶段，所需要的光谱"配方"也不同。光照是植物生长的关键因素，一份的光照才有一份的产量。目前室内立体农业的培育模式与室外种植或温室培育相比，无法利用免费的自然光。其次，即使是在有自然光照的地方做立体种植，也只有最上层充分接收到自然光的植物生长得最好，下层植物由于被上层植物遮挡阳光而需要人工补光。

在立体种植中，什么植物需要什么样的光谱，同样的农作物在不同的生长阶段，所需要的光谱也不同。刘达飞组建的研究小组经过几个月的研究，终于测试出农作物在种子阶段需要的光谱和在早期阶段所需要的光谱不一样，与在中期阶段所需要的光谱也不一样，跟在晚期成熟阶段所需要的光谱更不一样。刘达飞安排几个技术员潜心于光谱的研究之中，每天不同的时间段，他都要组织技术人员进行测试，农作物不同的成长阶段，安排不同的技术人员进行测试。这项工作本不是一个高难度的事，但必须要花时间，认真仔细地去测试、去研究，不同的作物要用不同的方式去测，更需要花费大量的精力，而且还不一定会有多高的成效。在自然界，在太阳光的照射下，植物自由地生长，阳光的光谱都能达到农作物的需求。立体种植以后，就需要花大量的时间收集植物对光谱的需求数据。

光谱在立体农业中的应用，这是个非常重要的问题，也是立体农业首要解决的问题。照什么光、用什么光谱都不知道，农作物生长必定会受到影响。神农管家科技有限公司在这方面已走在了前列，要摆脱自然，实行室内立体种植，就必须有着超前的思维。况且单纯的单位面积产量不是衡量一个生产系统是否高效的标准，单位产量能耗比（单位面积产量/单位面积能耗）才能真正说明一个生产系统是否高效。

除了在光谱的"配方"方面有所突破外，刘达飞的研究小组在立体农业如何利用人造太阳，人造温度、湿度等多方面正进行多种试验。他们设想利用人造太阳来发电，通过电来实现温度变化、光照变化、湿度变化。通过电实行各种功能控制，如在立体种植中需要的动力播种或者收割，实现各类机器驱动及器械运行等。

立体农业用到最多的是太阳能发电、风力发电、水力发电和火力发电，这些其实都是先把其他形式的能源转化成电能，再用电去控制我们所有需要的设备。比如，内蒙古有风，在内蒙古立体种植的农场周边就可以装置一些风力发电机，能够直接提供一部分能源；在北疆，夏天光照非常强，这样在北疆构建立体农业时，就可以充分利用好太阳能。当然，在充分利用大自然低成本的能源同时，需要考虑到外部条件——风电、太阳能电本身和天气有关，存在不稳定与不确定性。当有风的时候，就能用风电，有太阳的时候就能用太阳能。风能、太阳能本身就存在自然中，如果不用来发电也是一种浪费，利用得好就节省了大部分能源。因为西部地区的水电站比较偏远，往较远的地区输送，成本比较高，完全没有必要。但风能、太阳能不能提供全部能源，必要时需要外界的供电。比如没风、没太阳的时候，就得用电网的电。

还有一个因素，风力发电系统，虽有一定的储能，来保证平均电能输出，但此能力是有限的，不能保证电能持续稳定输出。因此适当时要靠电网，电网本身由于容量大，可以吸收风电这种波动性大的供电设备，无电网支撑的独立的风电小系统无法保证电能的连续稳定供应。通常会和太阳能组成互补系统，可以缓解一部分波动量。风雨交加，没有太阳光，用风电。阳光普照，和风徐徐，用太阳能电，加上一定的储能电池，可实现一定时间段内的平稳供电。如果风能、太阳能发电量过多的话，可以把电反向输送到电网储存起来，在需要时再充分利用。太阳能发电和风力发电本身也有储能装备，在峰值发电量很高时，电用不完，此时可以用储能装置把电储存起来，等到不发电或者发电量少的时候，把储能装置的电放出来再用。就可以平缓发电的峰值跟用电的峰值不一致的问题。

根据史乾坤定的目标，刘达飞利用水培系统或气培系统使用精准养分配方，来达到整个设施内养分的不断循环和回收利用，并能将养分直接输送到蔬菜作物的根部，从而促进植物的生长。农作物需要最多的是水，其他的如肥料混合在水里边，然后通过雾化形式的水汽输送到其根部。一些情况是，农作物的根系，2/3以上是在潮湿的空气中，1/3的根是泡在水里面。另一些情况是，农作物的根系几乎90%都在潮湿的空气中，只有10%或者5%左右是泡在水里的。根泡在水里的主要原因是空气中水汽太足，无法实现不凝水，所以必然会产生一些水分。

植物需要的营养物质是不是都能够通过水的运输来实现？水能不能载运得了所有的营养物质？雾状的水汽能够载动工业化生产出来的物质，但这种物质不是随便就能够配置出来的。在输送过程中，从这个装置的出口输送出来，一圈下来，经过植物吸收完再回去的时候，就是流通系统。所需物质的载体是湿空气，湿空气在传播流通的时候，有一部分养分已经被植物吸收，回去的时候，湿空气里边养分的含量就少了。立体工厂里面需要配有一个检测系统。保证在输送的时候，必须含有5%的营养素，回来的时候，就会发现营养素已被根部吸收，这时空气中营养素的含量已经低于3%或者2%了。因为湿空气是循环使用，不可能把湿空气排走，那就要在湿空气里边再添加营养素。要设置一个添加营养素、空气和水汽等的系统，有各种需要的物质含量，保持合理的浓度，输送到根部。因为是用湿空气输送，根部本身就是一个输送系统，比如固定农作物的网状物质或者是农作物根部本身，湿空气流通的时候，就已经和湿空气充分接触，完全可以吸收。

如今的问题是输送管道，从100米远的地方不可能100%地把营养物质送达，一路经过许多的农作物根部。到100米之外的农作物根部，养分含量已经很低，这样不合理。刘达飞组织大家研究一种新的输送方式，让适当浓度的营养液输送出去的时候，经过根部，5 个或者 10 个，就开始往回走。吸收的浓度，输送的营养，湿空气里面的物质含量都不一样，就会造成植物生长的差异，这些都是要解决的技术性的问题。

怎么样来实现均匀地、有效地、保质保量地输送？这里边有一个控制学的成本和代价的问题。如果一连串输送的话，成本肯定是低了，但是如果输送 10 个就往回走，那么输送的成本就高了。如果希望农作物吸取营养均匀的话，就需要比较高的成本，如果要降低成本，就只能不均匀地输送，这其中的关键是要看植物可容忍的范围是多少。

总体来说，首先是植物需要什么？什么时候需要什么？白天需要什么？晚上需要什么？各成长周期需要什么？技术人员必须要先搞清楚这个，形成一定的模式之后，立体农场就可以按固定的程序来实现合理有效的输送。另一个实际问题是输送方式，现在是无土栽培，现在采用的是海绵固定根部，因为海绵轻，收获时也便于拔除。目前还没有发现更好的东西能代替它，所以使用无土栽培时，最优先选择空气栽培。当然，不是说抗拒其他栽培方法，因为任何其他栽培方法都会对大规模生产产生困扰，所以空气栽培是最好的选择。现在已经在逐步实现，但是这个过程中，并不是所有的植物或者所有的东西都可以实现，空气种植里面还有一些农业技术问题需要解决。

单位面积产量与单位面积能耗方面，刘达飞总结出四个维度：第一，电能耗多少；第二，产生了多少碳水化合物；第三，占了多大的面积；第四，占了多大的体积。从这四个维度来衡量这个指标，需要建立一个科学指标，这也是整个立体农业的一个非常重要的问题，多少电能产生多少碳水化合物？用多大的空间？是主要的问题。

新投资新起点

海鸿达建材投资股份有限公司的董事长杨维根为了追债，找了钱寿义许多次，都没有结果。几经周折打听到钱寿义已把工作重心转移到达达州市，好家伙，为了躲避债务跑到那儿去了，就不信找不着人，于是他不远千里奔赴达达州市。

一进入达达州市，到处宣传的是立体农业，近郊实行的试验示范点宣传画随处可见，杨维根对立体农业顿时产生了好奇，到底是个什么样的东西，让这里的人上上下下为之着迷。

在达达州市最高级的酒店，杨维根宴请了钱寿义，明白钱寿义转战达达州市并不是为了躲债，而是全身心转型投资产业地产，而且做得有声有色。地产行业的不景气连带建材行业的萎缩，要想走上一条光明的大道，自己也不得不另谋出路。杨维根不再逼他还款，而是跟钱寿义聊起了新兴的立体农业。目前就连银行都不再逼钱寿义还款，杨维根能感觉到其中的微妙，又像从前一样重新靠近钱寿义。钱寿义给他讲了立体农业未来的发展和广阔前景，杨维根终于弄明白钱寿义他们目前所从事的立体农业的来龙去脉。在钱寿义的大力鼓动下，杨维根答应给源农科技发展有限公司投入10%的股份。要做产业试点，需要大量的资金，钱寿义尽一切力量拉拢人脉。

芭比果的试验成功，给所有人带来很大的希望，它代表了立体农业迈上了一个新的台阶，钱寿义通过这个产品又拉来大量资金。但要实现多种蔬果产业试点成功，并进入大批量的生产，还存在很多问题：能耗问题，实际能产生多少经济效益，产能到底怎么样等。

杨维根去芭比果的试点基地看过后，更加对立体农业产生了浓厚的兴趣，他要求钱寿义带他去吴永和的神农管家科技有限公司参观学习。钱寿义让常慧芯帮订机票，一行三人坐了三个小时的飞机、一个多小时的地铁才到达，杨维根和常慧芯第一次到吴永和的实验工厂，他们仨来并没有事先通知吴永和，也没让身边的任何人知道。

吴永和还没到，杨小新赶紧打电话通知，并马上招待好两位董事长及常秘书，给他们泡好茶水，让他们在会客厅稍作休息。杨维根坐了片刻便按捺不住，起身想自己一个人去工厂里面转转，没想到钱寿义和常慧芯也跟在了他的后面。

工厂里面全部都是用 LED 灯的光照替代阳光，而且颜色各不相同。立体种植的光，不同的颜色代表的是不同的光谱，光是有特定频率的，红光的频率低，蓝光的频率高。植物在不同的生长周期需要有不同的光谱来照射，才能够生长得好。自从投资了新型立体农业，杨维根对这个特意做了一番研究，有了一些基本的了解。但要想懂得更多的知识，需要专业人员做更详细的研究，用什么光照植物才长得好，什么光照植物会长得不好，这是一个专业研究课题。

他们刚走没几步，碰上刘达飞，一看钱寿义，刘达飞赶紧迎上来，领着他们仨一边参观，一边介绍工厂的情况，并很认真地解释了光谱这个问题。

"我们光照的这个光谱实际上是不可能任意调节的，需要成本。比如说我们现在 LED 发光的效率最高，但是 LED 的光谱是有一定限制的，不是说想发什么光谱的光都能发的。太阳光是宽光谱，从红外一直到紫外，整个光谱都覆盖。而我们的 LED 光源，是做不到的，LED 光照的光谱是窄光谱。假如这种植物所需要的光谱是宽光谱，那么 LED 就做不到，这也是目前存在的事实。所以我们需要研究哪些植物需要什么光谱，哪些植物需要的光谱刚好跟我们 LED 灯的发光相吻合，适合于立体种植。我们要知道宽光谱发光和窄光谱发光的能耗多少。比如日常用的灯泡发光，它的光谱就很宽，但是它把电能转换成光能的发光效率不到 10%。LED 发光的转换效率很高，能达到 95%，跟日常的灯泡完全不一样。在得到同样光照、同样的光能量的情况下，你所耗费的电量是完全不一样，所以这就是为什么我们要使用 LED 光源而不使用普通的光源。如果用宽光谱，实际上也意味着耗费的能量就大，假如植物可能也不需要这个宽光谱，那就浪费掉了。"

听了刘达飞的表述，杨维根了解到了光谱方面更深的知识，他用赞赏的眼光瞧着眼前这位刚认识的小伙子。在刘达飞的陪同下，他们绕工厂走了一圈，沿路问了许多问题，刘达飞回答得有条有理。这让杨维根感觉自己投资的立体农业确实是一个非常有前途的项目。刚回到办公室时吴永和赶来了，钱寿义在杨维根面前好好地介绍了一番。吴永和很意外他们仨的到来，但心里还是很高兴，有了他们的助力，大家一起努力，立体农业就能飞速发展。于是几人一起围坐下来，边喝茶边聊。

吴永和对他们仨说了目前的想法："为了降低因雇用更加熟练、拥有更高技能的劳动力所带来的高成本，现在我们的自动化大型设施得到了广泛应用。为了实现资源的真正高效利用，我们准备在各大都市或都市周边建立室内垂直农场。这样既可以帮助缩短农产品供应链，又可以维持蔬菜的营养含量。室内立体农场还可以与城市景观进行无缝融合，来帮助重新利用闲置、未充分利用和未使用的城市基础设施。另外，我们国家有很多沙漠、盐碱地、滩涂、荒漠地区，我们将在那些地区建立大规模立体农场，不仅要让那里的人得到有营养的蔬菜，而且随着这个行业的成熟，即便是最贫穷的地区，也能够得到高质量、高营养的蔬菜供应。我们还要进一步研发生产许多国家目前紧缺的农作物。"

听到吴永和的这个计划，他们仨表示很赞赏，这和他们目前在达达州市进行的产业试点本质上完全一致。他们觉得立体农业就该走出去，大规模发展与生产。得到两位董事长和常秘书的认可与支持，吴永和有了更大的信心与力量。他们将全力实现植物种子阶段、胚胎阶段内基因编辑技术的突破，编辑大量不同片段的基因，并且各选定物种的特性对应基因被找出，把大部分农作物搬进立体农场。而且尽力实现二氧化碳低成本富积技术，为立体种植提供足够的二氧化碳，而不完全靠自然空气交换来获得二氧化碳。

很多事情都是在过程中相互成就的，钱寿义当初并没有多大信心能把这个事业做得够大，一开始，他从心底想借助吴永和他们帮

113

自己渡过经济上的难关。但真正合作之后才发现，立体农业是一项多么有意义的事业，自从做了这项事业，自己明源居投资控股集团的股票飞速上升。来找他的人又多了起来，像杨维根这样的要找他合作的人越来越多，钱寿义不知不觉从最初的被动变成了现在的完全主动状态，所有的激情与斗志全都被激发了出来。

参观完神农管家科技有限公司，钱寿义、杨维根、常慧芯三人跟吴永和又详细地筹划了一番，他们即将在达达州市展开一场浩浩荡荡的产业试点大行动。

失　联

　　钱寿义醒来时，房间里已洒满了清晨的阳光。昨天与吴永和、杨维根、常慧芯四人共同筹谋的兴奋还在，关于达达州市的产业试点计划，他们讨论到很晚，直到一个个眼皮都睁不开才罢休。

　　钱寿义掀开被子，用力伸了伸胳膊，试图摆脱尚未完全消失的困倦。拿起手机一看，已经九点，记得常慧芯订的是今天上午十点半的机票，他一惊，赶紧拨打常慧芯的电话。本想催她早点收拾，准备赶往机场，可常慧芯的电话一直忙音中，这突如其来的变故，让钱寿义措手不及。

　　钱寿义立马想到杨维根，一打过去，杨维根接了电话。知道时间已晚，他赶紧跟钱寿义道歉："不好意思，钱总，今天睡过头了。"

　　机票是来的时候就订好的，谁也没想到会聊得这么兴奋，拖到那么晚。钱寿义很珍惜大家在一起做事的热情，不想有过多的责备。

　　"常慧芯的手机一直处于忙音状态，你看都什么时候了，赶紧过去敲敲她的门，让她快速准备好出发。"钱寿义催促着杨维根。

几分钟后，杨维根慌慌张张地跑回来："钱总，常秘书好像不在房间，我敲了好久，里面没人应。"

"是不是出什么问题了？赶紧找服务员，让他们帮忙把房间打开。"钱寿义有种不好的预感。

房门打开后，里面空空如也，行李还在，人却不知道去了哪里。

"奇了怪了，好端端的一个人，怎么能说不见就不见了呢？"杨维根一边找一边嘀咕，直到把整个房间搜遍了，还是连个影子都没找着。

钱寿义与常慧芯共事不久，对她了解虽然不说很充分，但通过这段时间的接触，她日常的习性，大致还是了解。以她的个性和平常为人，不会这么平白无故、冒冒失失地去做任何一件事，特别是这种玩失踪的事。其中一定有什么缘由，在这人生地不熟的地方，究竟会是什么事情呢？钱寿义心里疑窦丛生。他想到了绑架，想到了遭遇不测，但这只是一念之间，他相信在这般文明的地方，应该不会发生这种事情。他甚至想到报警，但人失联还未超过 24 小时，何况她是从一开始回到酒店就失踪了还是什么时候断联的，他完全不清楚。

会不会去找杨小新了？昨天一来这边，常慧芯像见到老朋友般上去主动与杨小新搭讪，两人有种相见恨晚的感觉。当时钱寿义没觉着什么，现在想来有些蹊跷。钱寿义马上拨通吴永和的电话，让他问问杨小新，常慧芯是不是去找她了？

这边杨维根已找到酒店的保安，让他把昨晚到今早的监控调出来。保安把各个监测镜头都一一调出来，杨维根盯着屏幕，从头到尾仔细地看，唯恐漏掉哪一个细节。监测器里的录像，除了常慧芯昨晚跟钱寿义他们一同进酒店的身影，其他没有任何出入酒店的痕迹。奇了怪了，她不在房间，又没出酒店，到底去了哪儿？杨维根在心里苦苦琢磨着。并把监控里看到的一切跑去同钱寿义一五一十地复述一遍。

吴永和同杨小新很快赶到了酒店。昨晚那么晚送他们到酒店，一路上大家有说有笑，气氛很融洽，没有什么异样。才几个小时间，怎么会发生这么奇怪的事。既然监控没有查到她出了这个酒店，那说明她应该还在酒店内，吴永和在心里琢磨着。

"我们分头到酒店各个有可能的地方找找。"见到钱寿义，吴永和建议大家都行动起来，坐这里傻等也没用。

时间在分秒间往前，要提前值机，钱寿义心里非常着急。昨晚商议的事，他急切地想回去大刀阔斧地大干一翻。此刻，他真想插上翅膀飞回去。实在不行自己一个人先跑，把杨维根留在这儿找寻。钱寿义一分钟都不想多待，但心里又真怕常慧芯出什么事。

分头去找的人一个个都回来了，哪儿都没发现常慧芯的影子，每人脸上的表情都非常绝望。

"是不是去公司的实验工厂那边了，昨天她主动跟我聊起这事，还问了我许多有关实验工厂目前的试验项目及发展状况。"杨小新突然想起常慧芯昨天的表情，满脸疑惑。

"不可能，她压根就没出过酒店。"杨维根极力否认。杨小新也没法再坚持。

离飞机起飞还有四十几分钟了，钱寿义心急如焚："走吧，算了，让杨维根留在这儿处理吧。"就在钱寿义正决定抽身前往机场那刻，令人意想不到的事情发生了，常慧芯竟神不知鬼不觉地出现在大家的面前。

"你怎么搞的，一大早，去了哪里？手机也打不通，人也找不着。赶紧把行李收拾好，已经来不及了。"钱寿义盯着常慧芯的眼睛，很严肃地批评道。

"谢谢大家，辛苦你们了，我一早醒来跑到天台上去看日出了。让你们受惊了。"常慧芯像没人事似的，跟大家解释着。说话间她眼皮始终低垂着，一直没正视大家。

"虚惊一场，你们先回吧，我们先走了，后会有期。"钱寿义对着吴永和与杨小新说。但他心里总感觉常慧芯的行为不太符合常理，但具体哪里不符合，他一时又说不清楚，没时间多想，只好把这个疑团留在心里。

钱寿义的话刚说完，杨维根与常慧芯已拖着行李过来了。他们一行三人匆匆赶往机场。

四维空间

　　一阵天崩地裂的巨响，时空破碎，眼前所有的一切灰飞烟灭。风卷着沙尘，铺天盖地袭过来，淹没了来路，也遮住了去向。吴永和、史乾坤、刘达飞三人同时被震飞，在猝不及防中，他们像沙尘般被卷到一个缥缈无依的地方。那地方没了长，也没了宽，更没了高，完全不着边际，他们感觉不到自己身在何处。正要睁开双眼回望来时的路，可目光所及全都渺茫一片，望不到边。一种被这世界遗弃的苍茫感，让他们不甘心，却又不得不妥协。失去了三维，失去了从前，就算他们仨再有能力，只能空有一番本事，却无力回天。

　　"美国纽约城市大学天体物理学家查尔斯曾在《空间：我们在宇宙中的家》一书中说：时间和空间在时空四维构造中是密不可分的。他说，时空可以看作是一块四维的弹性纤维。当任何有质量的物体——你、我、他以至一颗行星或其他星星，落到这块纤维上时，就会激起一片涟漪。这个涟漪，相当于由带质量的物体引起的时空弯曲。时空弯曲使物体沿着一条弯曲的路线运动，空间的曲率就是我们所熟知的重力加速度。"吴永和的脑中很奇怪地出现了他在美国读硕士时查看过的有关这方面的一份资料，那时真想能乘上时光机去各个星球旅行一番呢。资料在这种时候出现在脑海，是不是正要引导他们从中找到缺口，打通一条通往过去与未来的通道呢？

时光旅行是最新鲜、最刺激的，史乾坤的脑海此刻也不时出现很多天马行空的幻觉。如果把时光旅行变成一种科学、一种现实，那该多好，时间任何时候不再是绝对的，不论身处何种环境，对每个人来说都不一样。它可以取决于别的因素，也可以取决于观察者如何运动。不同运动的观察者感受同样的一件事，可能这一件事情流逝的时间也不尽相同。

周围又开始不停地晃动，天旋地转。他们仨在里面不停地挣扎，希望能从这无边无际、没有起点也没有终点的地方挣出一个缺口来。只要敢想，就没有什么不可能，许多科学理论上都给时光旅行提供了可能性。虽然这是一个只有超级文明才有可能实现的目标，我们用自己的灵感与光，只要敢于超越，人类就可以看到某些短暂的宇宙粒子。这些粒子的行程大约有数千年，粒子穿越太空、到达地球的过程仅仅只用几分钟时间。这些宇宙粒子已经进入未来，完全可以将空间充分扭曲来制造一个局部的重力场，就如同一个能够以任意大小呈现的炸面包圈一样。重力场绕着这一炸面包圈围成一个圆圈，这样就使得空间和时间都能紧紧地"弯曲"到过去。尽管很难描述这一"炸面包圈"在现实生活中的样子，但数学公式显示，时光机器中每一阶段的时间都将在"炸面包圈"内的某一个空间内产生。

时光机器制成后我们用它回到过去的任一时间都有可能的。但现在仍然有一个小小的障碍还未得到解决，那就是如何产生重力"炸面包圈"。他们仨在里面一直在进行着大量的研究和思考，发现可能需要推动一个高质量物体做高速圆周运动。从数学上讲，可以说某种东西正沿着时间轴往后退。但在实际上，无论是吴永和、史乾坤还是刘达飞，都无法回到过去。

"如果存在一个万能的理论多好，人类就可以通过时间隧道解决所有的难题，那么时间旅行也不再是幻想，而是比我们的科技能力要先进得多的技术。"吴永和有些超乎寻常地想。

"我们建造一艘宇宙飞船，以光速行驶一定的时间，然后再回到地球。当你走出飞船的那一刻，你可能就在一百万年之后的地球上了，而你本人可能才只长了一岁。这样，我们去未来地球旅行的愿望就实现了。"史乾坤的想法更为奇特。

"要是现在能找到一种工具，可以在这里打开这样一个孔，我们就能从这个点快速到达另一个点，或者从一个时刻迅速赶往另一个时刻，那该多好。"刘达飞的想法让人匪夷所思。

"速度是让时间往前跳的一个办法，而重力是另一个办法。在爱因斯坦的广义相对论中，他预言了重力会让时间变慢。时钟在阁楼上会比在地下室中走得稍快些，因为地下室较接近地心，所以是在比较强的重力场中。同理，时钟在太空中跑得比在地面上快。该效应是极其微小的，但我们已运用准确的时钟直接测量到了。在一些星球表面，重力场强到会让时间比地球时间延迟30%。从这种星球看到我们这里发生的事件，就像把录影带往前快进一样。黑洞更是时间扭曲的极端范例：在它的表面上，时间相对于地球而言是静止不动的，这表示如果你从黑洞旁边掉进去的话，则在你到达表面的那一小段时间内，外面的宇宙就已经历了沧海桑田的永恒。所以自外界看来，黑洞附近的区域简直是时间的化外之地，因此，如果有位太空人可以贴近黑洞再折回而毫发无伤的话，这种堂吉诃德式的英勇举动，应该可以使他跃入远远的未来。"吴永和说道。

"严格来说光速是世界上最快的速度，但我们根本没办法达到光速，科学界断言人类现有的飞行器想达到光速，除非同时燃烧地球上所有的能量。换句话说人类能理解的推理无非是物质反作用推进力，然而这是自然界最落后、利用效率最低的办法。也就是说人类想实现光速旅行和时光机的发明就得找到另一种外引力方式，而想要实现这点，是难上加难！"史乾坤说道。

"时间是相对的，当我们以接近或超过光速运动时，时间会很慢或静止。也就是说，如果一个人以接近光速旅行，那么时间对他来说就会停滞。这太令人振奋了，当人乘坐接近光速的飞船去旅行，在旅行的过程中时间就会变慢，因此，当他再回到地球的时候就可能已经过了一个世纪。对他来说，只要花很少的时间就能进入未来世界。"刘达飞说道。

正当他们三人在里面幻想着，又一阵天崩地裂的巨响，空间仿佛被炸开了无数个缺口。有一个洞口，阳光给他们铺了层金光大道。"那是第四隧道！"三人同时惊呼。在突变的光影中，他们看到了少有的人类的文字——

空中农业具有不少优势。空间领域广阔，不占田土山林，有利于解决发展农业生产土地紧缺的矛盾；不需地力投资，有效地利用无价的空间，具有特殊的经济价值；空中农业也是生态农业的重要组成部分，对改善我国生态环境、促进生态农业的发展均有很大作用。在此，这里给大家讲一讲立体农业和空中农业发展前景。目前，农业就项目而言大致可分三大类：

一、蜜蜂类

这是不少地区的传统空中农业。蜜蜂属"百宝"产品，不仅能为食品工业、医药工业提供原料，而且能直接加工成20多种产品。我国蜜类产品出口每年创汇数亿美元以上。同时，蜜蜂是出色的义务授粉者，增产效果十分显著。

据专家测试，油菜增26.1%，稻谷增3%，紫云英增28.1%。我国蜜源丰富，蜜源植物多达上百种。现有蜜源可养200万群蜜蜂。而现在仅有35万群，潜力很大。如果充分利用蜜源，每年可为国家增加创汇几亿美元。

二、鸟类

家养鸟类的空中农业在我国还十分薄弱。我国能被人工驯服的鸟类有数十种，这一工作还刚刚起步。家鸽是传统空中养殖业，但发展缓慢。据专家测算，如果我国一半农户养殖家鸽，每户养殖10只，一年全国可增加收入数十亿元。其他鸟类养殖的潜力就更大了。

三、禽类

不少家禽适合空中饲养，既减少占地面积，又能提高经济效益。例如家鸡是野鸡驯服而来的，野鸡本来喜欢在空中活动。利用这一特点饲养家鸡，能有效地提高经济效益。据某地区养殖专业户实践证明，在猪舍上空养殖蛋鸡，产蛋率比常规饲养提高10%左右。

综合上述，大力发展空中农业，是我国农业生产的一大重要课题。尤其是在项目的选择、技术推广等方面需要进一步重视。

正当三人看得很认真时，这些文字突然间消失。文字上说的是什么时候的事，没有人知道。待他们瞪大眼睛仔细看时，浮现在眼前的又是另一番情景。

五年后

　　一向对立体农业不太重视的周副局长，这段时间突然热心起来，一直驻守在神农管家科技有限公司。吴永和等人不知道他葫芦里卖的是什么药，又不敢得罪，只能好好地招呼着。立体农业进行到一定阶段，各方面都有了一定的起色，芭比果在达达州市的试产成功，让上级部门对立体农业有了全新的认识。周副局长也想借这股东风，能让自己出政绩。

　　史乾坤与刘达飞整日忙于技术的巩固及开发工作，他们没时间去猜周副局长的意图。在短时间内，他们必须得快速培养出大批新的技术人员，基地要开拓，人才要源源不断地往新的基地输送。立体种植现在基本上是使用机器人，但这些机器人需要有专业技术的人员来控制与维护。在立体种植工厂里，使用的一切智能化设备，都具备自主探测、自主分析判断、自主进行动作等功能。有一种特别的巡视机器人，在相当的范围内巡回、探测、判断，并给出需要的操作指令，完成作为相对固定的机器人或系统无法完成的任务。经常性、定期的、大量的、重复的动作，比如播种、收割等，由于立体种植在封闭环境中进行，人在其中从事固定性工作的可能性将尽可能减少，除了些不可替代的，比如有些设备坏了，不得不派人去维修，其他日常工作基本利用系统控制与机器人操作。

在使用室内种植技术和环境控制技术的过程中，机器系统可以根据植物生长所需自动控制人工环境。为了掌握人工光照、湿度、温度、二氧化碳浓度等环境控制和水肥控制情况，每间隔一定距离都安置有自动报警装置与信息上传系统。

要想创造更好的环境，实行整体智能化后种植变得很简单，因为从工程学角度耕种变成了一种机械性的操作。人只需要控制这些机器人，机器人会操作系统，让系统控制环境去适合植物生长。任何一种植物，只要先通过反复试验，获取它所需的光照、温度、水分、营养素等的确切数据后，把所有数据输入程序里，系统就可以自动调控适宜这种作物生长的环境及所需营养及水分。

刘达飞的研究小组在这方面已经取得了相当的成绩，从光谱数据的收集到温度高低的控制，以及营养素需求多少都有了一定的进展。唯独有一定困难的是湿度的控制，因为要往空气里面加水，比如要把空气加得很湿，一要控制温度，二要控制湿度。

有些植物，白天需要很干燥的环境，晚上需要很潮湿的环境，就要调整空气的干湿度来适应植物的生长。但这也造成了运行成本的增加。本来一天 24 小时，12 个小时比较干，另外 12 小时比较湿。但是通过基因改造，有的植物的循环周期已经是 6 个小时，3 个小时干，3 个小时湿，空间那么大，要快速除湿和加湿都有一定难度，实现湿度周期变化更加麻烦。

立体种植的模式下控制温度、湿度成本很高。如果跟自然界的空气交换，不仅把自然界的温度和湿度带进来，但同时把病虫害也带了进来，这样的话，系统就承受不了。所以系统应该是密闭的，密闭系统会出现一个问题，就是二氧化碳含量会低，氧气的含量会高，但氧气浓度高了也很危险。所以整个空间要加二氧化碳，同时在氧气浓度高时想办法回收氧气。我们自然界的空气中氧气含量大概是 21%，现在这样的种植模式光合作用很旺盛，氧气浓度可能就会上升到 23%~30%，氧气浓度升高以后，也会对植物生长产生一些不良影响，而且氧化作用也会加强。所以空气中必须加二氧化碳，去除多余的氧气。这个也是整个公司正在研究的问题，要设立起测试二氧化碳和氧气浓度的检测系统，和自动输送二氧化碳与自动降低氧气含量的装置。

水肥的控制可能比较容易，什么时候加？直接通过自动化装置操作。什么农作物输送什么水肥？这个问题也不太难。比较容易控制。但农作物的水肥数量把控，在目前还是有点难度，刘达飞等技术人员也在不断地研究。另外，白天和晚上加的水肥是不一样的，不同的时间段供给不同的营养，这样才有利于植物生长。

植物在不同生长时期，用的不是同一种水肥。早期加什么跟中期加什么，到最后结果的时候要加什么完全不同。不同的水肥，供给植物的生长素完全不一样。刘达飞带领小组成员正研究不同的植物在不同的生长周期都需要些什么东西。反复研究成形之后，才能把得出的结果输入电脑程序，让系统对植物生长实行自动控制。

自然界的二氧化碳浓度很低，如果密集种植的话，农作物都要吸收二氧化碳，那么，就需要在立体种植的空间中加入更多的二氧化碳。因为农作物的光合作用，就是把空气中的二氧化碳吸收到农作物的内部，然后让它变成碳水化合物。如果空气中没有二氧化碳，或者二氧化碳浓度很低，一定会造成植物生长缓慢，或者植物不生长，最后达不到预期的产量。立体种植环境中的二氧化碳含量要高于自然界，因为立体种植的农作物密集，吸收量相对更大，必须补充足够的二氧化碳。在自然环境中种植不存在这个问题，大棚种植的时候也没有这个问题，因为他们会定期地开放大棚，与大自然进行空气交换。立体种植不能进行交换，只能靠系统控制。

面对这么复杂的技术方面的问题，周副局长根本插不上手，偶尔也会在旁边催促一下，显示一下自己的权威。史乾坤跟刘达飞根本没空理他，任由他表现自己。

App 自动系统的建立

史乾坤组建的研发小组已经突破了传统的系统控制，能够实现立体农场由网络控制灌溉与养分供应，采用模拟阳光的 LED 照明，以助植物进行光合作用。并且装设多具感测设备用于监测作物生长状况，探索不同的生长灯对提高作物产量和质量的影响。消费者可以通过网络实时了解食材生长过程。能做到与使用普通照明设备相比，能耗降低 50%。

开始大规模在城市周边试点，建立小型全程自动化控制的蔬菜实验基地。里面种植的所有蔬菜，从播种到收获的整个过程，全程开放网络直播，消费者通过网络可以看到蔬菜生长的全过程。想要买什么可以直接通过手机 App 下单，既环保又新鲜，想要知道食物的组成成分，可以直接点击查阅。

当然这也不是一蹴而就的，而是要经过一个循序渐进的过程，不断的优化光照控制，计算每一度电能转化成多少碳水化合物。在二氧化碳转换成碳水化合物的过程中，我们要有科学的指标来衡量。这直接关联到盈利的问题，而且可能涉及的范围更宽。

立体种植比温室种植造价要高。因为需要光、温度、湿度及二氧化碳的调控和氧气、VOC 的排放，这些都是在自然种植和塑料大棚种植模式下没有的问题。因为塑料大棚种植的湿度，基本上是通过喷雾或者通过换气来解决，VOC 也通过换气，定时打开大棚来换气就行了。二氧化碳跟氧气在定期的换气中就跟外界的空气实现交换了，所以这些几乎都不需要成本。

而立体种植，需要密闭环境，所以说这些都变成了问题，需要通过人工的系统把这个问题解决掉。现在史乾坤他们已全部使用系统控制，比如人工加二氧化碳、人工除 VOC、人工除去多余的氧气，现在全部采用的是系统自动报警，信息自动提醒巡视的机器人。这些都会造成成本的上升，单位电量使用不光是光照，维持系统也需要能量，能耗的增加是肯定的。这个问题正是我们搞农业科技、实现种植工业化必须要解决的。

怎么调整光谱，怎么调湿，怎么调温，怎么增加二氧化碳，怎么减少氧气，怎么样减少 VOC（因为植物生长的时候会产生大量的 VOC），这些都是技术。刘达飞长时间在研究立体化种植的技术，并且反复实验寻求最佳方案。以求达到经济效益最高。光在二氧化碳低成本富积技术方面就花了 3 年时间，耗费了 3000 万元。在排氧、排 VOC 技术方面同时花了 3 年，耗费了 5000 万元。为了更宏大的目标，他们觉得值得。史乾坤的自动控制系统完全采用的是刘达飞他们最新研发出来的方案。

立体农场使用复杂的监控和自动化种植系统，显著提高了作物的产量、品质，进而提高了生产效率，这种模式也使生产的食物更便于追溯和更好地保证了食品的安全性。用这种方式培育农作物还有一些明显的益处，是全年都可以生产蔬菜，且品质一致，还可以预测产出数量。资源利用效果更优，尤其是水的用量很少，传统化肥的使用也有所降低。一个产量最高的立体农场，每平方米占地种植的农作物比传统农业高 350 多倍。立体种植工厂的密封性意味着基本控制外来的污染和害虫，完全不需要使用传统化学杀虫剂。

史乾坤通过自动控制和各种系统化的机制，实行工业化种植。并进行种植条件的不断开发：如培养液的应用、工业化生产及优化开发一条龙，立体农场可以通过本地生产，创建更可持续的食品供应系统，同时这里的出产比常规种植的食品有更高的质量和更好的口感，有了立体种植，凸显了我们维持全球食品安全的决心。

传统农业在土壤里使用的化肥，对土地有长期累积的伤害。我们使用的营养液，含有植物生长所需的化学元素和化合物，并且使用量很少。因为不是洒到大田里面，是放在水里不断循环回收，它的利用率很高，浪费和释放到自然界的数量大幅减少，几乎全部营养成分都能用于农作物生长。立体农业中化肥的利用率可能是 90%，基本上能被充分吸收。传统农业的化肥利用率只有 30% 到 50%，大部分在自然界中挥发或流失掉了，有的就被降解掉了，有的残留在农田影响土壤质量。立体农业在种植过程中使用 100% 的营养液，而营养液里面含有化肥的量远少于传统种植业。

杀虫剂方面，由于立体种植是封闭式的，虫子的生长条件就已经被切断了。另外，虫子本身生长需要土壤做媒介，作为它产卵的温床，这些媒介被切断以后，许多的传统虫害就减少了，我们使用杀虫剂的机会就减少了。以后也许会产生新的毒害，目前暂时还没有发现，史乾坤和刘达飞也想到了这一点，但一味地担心是没有什么用的，等到事情发生了会采取有针对性的措施。

破　招

　　每天在繁忙的工作之余，吴永和还要抽时间潜心研究心理学方面的知识。随着自己对心理学的逐步了解，他开始有点明白妻子的病形成的原因，但他又不敢肯定。学好心理学，他可以轻而易举地看穿别人内心的想法，可以根据别人的行为及动作判别出对方想要说些什么或做什么，甚至可以运用自己超凡的意识扩展力，诱导他人按照自己的意愿去思考、去动作，最后控制他人的思维。这种能力，只要经过一段时间的训练就能达到，而且越来越厉害。人的大脑有着不可思议的奥秘，每个人皆有诱导且阅读他人心智的潜能，通过学习及实用练习，可以释放自己未被发掘的精神力量和心灵感应能力。

　　吴永和专门去网上买了一本如何自学心理诱导术，心理操纵术方面的书，他觉得利而诱之，卑而诱之，都是利用了人性。过于学习操纵，任何用于攻击的武器都有可能反被别人拿来攻击自己。他深知过犹不及的道理，吴永和暗自学习着，努力练习着，他准备利用对方诱导自己妻子的时候，反过来去诱导对方，并慢慢将对手诱导进偏执状态，从而使其达到自取灭亡的地步。

处理完公司的事务，吴永和急着往医院去。这段时间公司的日常事务太多，杨小新主动提出帮忙照看林可馨，吴永和忙得也没想太多。到病房时，吴永和放轻了脚步，他怕自己弄出的声响吵到妻子。

　　"你来了。"正要抬手去敲门，门自己开了，杨小新正开门出来，满脸疲惫地同他打着招呼。

　　"要不，你先回去休息吧。"看着杨小新如此状态，吴永和有些心疼地劝道。

　　"夫人今天状态不太稳定，需要有人陪在身边。赵阿姨回去做饭去了，等她过来我再回去。"杨小新边说边拉着吴永和坐在病房外的长椅上，并跟他聊起了林可馨这几天的情况。从她平时的一举一动，到她的饮食起居，事无巨细，杨小新都一一给他汇报清楚，总体来讲，林可馨这些日子的情况还算稳定。

　　吴永和紧握住杨小新的手，从内心里很感激眼前这个能善解人意的好帮手，不论是生活上还是工作上都非常得力。他甚至好几次有想把自己对妻子病情新的认识与想法跟她沟通交流的冲动，但话到嘴边，还是缩了回去。因为事情还没弄清楚，他自己不敢肯定到底发生了什么，更不想节外生枝。跟杨小新之间有了一定的信任基础，但还没到什么话都可以说的程度，再说，跟杨小新说了也不能解决问题，想想还是自己慢慢摸索，慢慢等待事情水落石出的那一天吧。

　　杨小新看到吴永和眼里飘过一丝异样，心里明白他有意在遮掩着什么，但表面上不好明说，对于自己的上司，她更不敢明确地问。跟了吴永和这么几年，她多多少少了解眼前这个男人，如果不是他愿意，你用什么方法都不可能从他嘴里得到你想要的答案。杨小新只能安安静静地坐在那儿，用关心的眼光盯着吴永和，期待他能跟自己说些什么。可吴永和的心思根本不在这儿，杨小新的一切心理活动他都没在意，他全部的心思放在如何战胜妻子那个微信好友上面了。

杨小新抓住吴永和的手，轻轻地靠在他的肩上。每次面对吴永和，她恨不得把对方死死抓到自己的手心里，麦利妮娜的逼迫，让她心急如焚却又不能在吴永和面前表露半分，否则就前功尽弃。她不能暴露自己的真实目的，只能一步一步地走，按照麦利妮娜的意图，不露痕迹地实施。

赵阿姨提着给林可馨煲的鸡汤从走廊的那头走过来。杨小新一见，赶紧把手从吴永和的手里抽出来，生怕赵阿姨看出什么。赵阿姨把装满鸡汤的保温盒放在林可馨的床头，林可馨还在熟睡，赵阿姨便坐在她旁边守候着。吴永和趁机赶紧把助理劝回，杨小新满脸不舍，但还是拖着疲惫的身子离开了。

妻子还在熟睡，吴永和打开她的手机，他冒充妻子同对面那人开始聊天。吴永和用新学的心理学知识来对付对方。并用刚学到的反心理法一步步试探着进入对方的内心，庆幸的是对方竟毫无察觉。吴永和内心不禁有些惊喜，他终于摸到进入对方内心的门道。但他很谨慎，生怕对方识破，那便会前功尽弃。

对方一步步往前，吴永和一步步后退，仿佛完全被对手拿捏住。对手以为这边已经上套，正准备加大力度。吴永和在对手不经意间施了一个反间计，不留半点痕迹。吴永和对对手有种似曾相识的感觉，这种感觉很奇妙，朦朦胧胧的，却又捉摸不透。

吴永和绞尽脑汁，他一定要想办法让那人现身，但又不能急于求成，否则一旦败露，所下的一切功夫就白费了。吴永和在心里做了一个周密的安排，他要一步一步逼迫那人现出原形。

扩展新方向

大型立体农场的构想粗具规模，达达州市立体农场的试点成功，激发神农管家科技有限公司研发部所有的人对技术的思考：基因改良、无土栽培、育种、收割、光照、冷热平衡温差、冷热调节、能源开发、节约能源、运输、储藏、余物处理、物流等，以及种植环境的改变：沙漠、荒地、盐碱地、楼宇、楼层种植，受各种因素影响，这些不同的种植地点的播种、收割周期不同，但基本上三四十天就可收割一次，水培只需换水加营养液等。游牧人群也可进行简易立体农业种植，走到哪儿种到哪儿，不受环境和天气的影响等，环顾四周，你会发现到处都是未被充分利用的空间，城区的地下、周围和内部。可以把简易的立体种植安置在空置的办公室角落，为附近的员工种植新鲜蔬菜。提高新鲜、营养农产品的普及度和可负担性，希望很快能惠及任何地方的居民，体现出立体农业的真正优势。

吴永和带领神农管家科技有限公司的骨干技术人员在不断研究降低能耗的方法：通过优化 LED 光源，将电力成本控制在 80～90W/平方米，远低于市场同行的 160～200W/平方米；采用营养液循环系统，节水率高达 90%。减少了设备折旧：模块化种植模组主体采用食品级 PP 原料，使用寿命可达 10 年以上；所用系列灯具的额定寿命 36000 小时，有效降低设备折旧成本。节约人力成本：无人化立体农业生产系统实现了蔬菜从种植到采收全程自动化，有效节省人力成本。种植产品多样化：种植模组可根据种植需求调整层高、层数，搭配不同光谱的植物照明灯具、营养液配方，可实现蔬菜、瓜果、花卉、药用植物等多种作物的种植。实现成熟的运营体系：垂直农场虽能实现工业化生产，但现阶段仍需较完备的运营管理技术，已建成环境控制、产品安装指导、种植培训、运营管理咨询等较完备的运营体系。可开展代客运营、稳定产量、售后服务等各项业务。

达达州市立体农业试点的成功不仅给源农科技发展有限公司带来辉煌的成就，同时也给林市长带来风光的政绩。林市长被直接调派到北疆省做副省长。

吴永和、钱寿义及杨维根等一行人正着手开发一些沙漠、荒地、盐碱地等边缘土地比较贫瘠的地区。比如说北疆，以及西藏、内蒙古等，在这些地区考虑筹建大型立体农业生产基地，并已拟订最终的实施方案及实施计划。这一消息对那里的民众来说无疑是天大的好消息。

他们将研发出一些适合这些地区生长的植物，果实可以直接食用，也可以用来酿酒，根、茎、叶用来给牛、羊等动物吃，这样就解决了新鲜牧草的问题，牛、羊不用去吃自然界的草，那么自然界的草场就可以很好地恢复。因为牧场受到天气和季节的影响，不可能一年四季都长草，这样草原的草就能得到很好的养护。他们在解决农业问题的同时，也把牧业问题给解决了。

神农管家科技有限公司所有的骨干技术人员都在积极筹备大型立体农业生产基地，建立立体生态农业，将种植业、畜牧业、渔业等与加工业有机联系的综合经营方式，利用光伏发电、智能科技等手段，以生物菌群发酵的核心技术在农林牧副渔多模块间形成整体生态链的良性循环，力求解决环境污染问题，优化产业结构，节约农业资源，提高产出效果，打造新型的多层次循环农业生态系统，造就一种良性的生态环境。同时，开辟出因地制宜，依托当地生态资源搭建独立成熟的多种复合农业模块的经验方式，充分利用中国地大物博的优势，既根植于当地生态环境的优质改善，又跨区域调配资源，形成更广义空间上的立体生态农业。对于目前现代农业的生态改造将起到积极助推作用，同时也为中国的农业生态环境治理及结构调整提供全新的系统化解决方案。

立体生态农业不仅是一个庞大的产业链，同时更是一个创新的商业形态。这不仅大大节约农用资源，提高产出效率，更是打造了新型农业生态系统。使之成为解决食品安全问题的新方向，从源头打造"从田间到餐桌"健康的全线产业生态链。中国是个人口大国，立体生态农业的发展，不仅对于食品安全起着至关重要的作用，同时也对农业的可持续发展产生重要影响。随着社会的不断发展与进步，立体农业是今后农业发展的必然方向，吴永和与神农管家科技有限公司所有的骨干技术人员一直坚信并为之奋斗着、努力着。

最近源农科技发展有限公司研发的一个个新项目被超越，而且还没有任何征兆。钱寿义猜这里面一定有问题，但不确定到底是哪里出了问题，难道是身边的人动了手脚？最有可能得到消息的是常慧芯，但钱寿义不相信她会这么做，他们之间已超越了普通意义的朋友关系，他对她是绝对的信任。值得庆幸的是，为保险起见，他们拟定了第二套方案，他们几个信守承诺不许走漏任何消息。神农管家科技有限公司和源农科技发展有限公司正在运作的是第一套方案，二氧化碳的富集技术、余物的处理技术、LED 灯光技术，还有热效率的问题、发电的问题等核心技术，但包括绝密的 X 技术、Y技术、Z 技术都在第二套方案里。

林市长调到北疆省任副省长后就着手成立了超级联盟。他与钱寿义、吴永和、史乾坤一起，联合了立体农业所需要的各个技术领域的顶尖企业和专业院校，包括海湾大学。从基因到各项技术都找专业对口的公司来负责。他们一个一个地游说，一家一家地敲定。芭比果的试产成功，让一些公司看到了立体农业的广阔前景，加上他们四个强有力的劝说，联盟慢慢壮大。他们把超级联盟规范化，目标到公司，任务到个人。林副省长亲自上阵调度，任命海湾大学樊校长为联盟的会长，钱寿义、吴永和、史乾坤任副会长，各个技术领域的公司负责人为理事。并在第二套方案的基础上拟定了"月牙湖畔"星光城项目方案，林副省长调动钱寿义、吴永和、史乾坤三人，把"月牙湖畔"星光城项目每个领域进行分工，一个领域一条线归一个公司承接，跟每个公司签订了保密协议，不能泄露任何机密。他们四个总统筹，每个人跟进几个领域，与第一套方案并驾齐驱。

废物利用

　　"为什么你们可以利用一切可以利用的空置地，却不能将城中村打造成集居住和现代化生产相结合的立体农场？那些烂尾楼，为什么就不可以改建成立体农场？"周副局长见吴永和他们根本不把自己的意见当回事，心里很是窝火。他想通过立体农场的循环技术处理城市废弃物，美化城市环境，自己也能立上一功。看着林副局长现在已经升上副省长的位置，他也想通过立体农业给自己助一把力。而这时神农管家科技有限公司上上下下忙得不可开交，没人顾得上他的意见，并且，要改造城中村还要花费大量的人力、物力，对于吴永和他们来说得不偿失，他们现在有更重要的任务要去完成，不可能把精力放在这儿。

　　沙漠、盐碱地、滩涂、荒地等边缘土地比较贫瘠的地区正在如火如荼地开发，要筹建大型立体农业集约化综合生产基地。城中村的改造不是他们当前的主题，他们也没把烂尾楼当成主要事件来考虑。可越这样，周副局长闹得越凶，一个民办公司竟然这样忽视自己的存在，他心里窝火，气急急地找来吴永和，质问他是怎么回事。

　　吴永和耐心地给他解释："我们现在主要的精力放在建设大型

立体农业基地上，为了集中高效地生产碳水化合物。史乾坤和手下在城市周边已建立起一系列全程自动化控制的小型蔬菜基地，已足够每天的周边供应。目前没有更多的精力放在城中村的改造上面。另外烂尾楼里做立体种植，目前我们也没有更多的时间来考虑。这个问题牵扯到太多遗留问题，处理起来太棘手。没有足够的时间，我们根本没办法去碰，因为烂尾楼搞立体种植实际上要拆除重建，没有任何意义。并且，烂尾楼本身已经是商业地产，它的价值已经是商业产品，我们要把它拆除重建，价值并不高。我们现在把农田中的一部分改建成立体种植以后，大量农田腾出来可以进行商业用途，不必要反向把已经是商业用途的土地转换成农场。从经济上来讲，烂尾楼已经是商业用地了，把它往农业种植这个方向拉，反而增加我们自己的负担。"

"说到底，你们就是怕给自己增加负担，完全不顾全局发展。"周副局长愤愤不平地说。

"我们只是针对现在的实际情况给您做出中肯的分析，在力所能及的范围内我们会尽力，只是目前确实有些困难。"吴永和尽量平心静气地跟他解释，"至于美化城市环境问题，它本身只是一个建筑物，不存在影响城市环境的问题。城市废弃物能不能通过立体农场的循环技术处理得到有效的利用，这个在我们的立体农场中相对来说，难度比较高。不排除有这种可能，比如说一些有机的物品或者无机物确实可以液化，然后通过水汽、空气输送到农作物根部。城市废弃物要想用的话，必须先经过筛选，然后经过化学加工或者物理加工，这样才能够用。比如说厨余垃圾，可以把它变成有机物或有机氮，经过一定的处理以后才能被使用。大部分有机物形态是很复杂的，不能直接利用，更不能直接用于管道输送，所以首先把它液化或者颗粒化，而且颗粒要非常细，甚至粉末化才可以用。这个我们可以跟环保配合，减少城市的负担，附带着研发。"

任由吴永和怎么解释，周副局长心里固有的观念很难解除，心里的梗横在那儿像根刺，但他又不好发作，只能温和地笑着。

吴永和知道他心里不满，但又不能违心地去迎合他，也不好把他打发走，只能继续往下说着："在立体种植中会生成大量的产物，同时会产生很多废料，由于种植太集中，这个量会很大。比如1000亩的立体种植，相当于100万亩的农田产生的废料。自然种植情况下的这些废料，利用起来都有一些困难，现在不让烧，给牛、给马吃有些老，牲口吃不动。怎么把这些东西充分利用？只能把它粉碎以后，作为肥料扔到农作物的地里作为有机肥料。现在立体种植以后就没办法回田。只能把它运出去，运到别的地方去，比如沙漠、盐碱地、滩涂、荒地或者是其他一些地方，让它变成有机肥，让那些贫瘠的土地慢慢肥沃起来。最好的办法就是让这些废弃物通过一些化学加工，变成我们需要的营养液。总的能量输入进来，产生的碳水化合物，一部分利用到果实上。其他很多的根茎叶，是不可能被彻底利用，有一部分要粉碎了以后用于自然种植或者城市园林的施肥，或者扔到自然界里去，让自然界的土壤逐渐肥沃起来。我们尽可能利用一部分，让动物吃一部分，还有一部分用去做营养液。"

周副局长看到吴永和越扯越远，听得有些不耐烦，对于专业的东西他压根没兴趣听，自己想要实现的东西没希望，内心本来就存在对抗情绪，听到最后实在无法忍受，随便找个理由愤愤地离开了。

心 计

一段时间下来，杨小新手上也积压了许多事务，这几天她无法去医院照顾林可馨。到下班时分，吴永和赶紧处理好手头的事情，准备奔赴医院。

杨小新没过来同自己打招呼，出乎吴永和的意料。前几天她都会主动走过来，把自己未完成的事接过去完成。

吴永和的目光下意识地搜寻着杨小新，到处都不见她的影子。他只好把手头未完成的事整理好放在一边，等明天上班再来处理。

正准备出门，杨小新却突然出现了，她双眼通红，好像刚刚哭过。

"出什么事了？"吴永和盯着杨小新的眼睛问。

"没事。"杨小新低垂着眼皮，从嘴里挤出两个字，又跑到一边开始哭起来。

"家里出事了，还是什么？"吴永和有点着急。从来没有见过杨小新哭过，看着她这个样子，吴永和心里面不好受，他停下了正要迈出的脚步。

杨小新还是不说话，一直低着头，任由吴永和在一旁干着急。

"一起去吃个饭吧。"吴永和站到杨小新身后，用手摸了摸她的头，以示安慰。

杨小新依然不说话，沉吟了半晌，含泪地点了点头。

在钻进车子的那一刻，杨小新突然又抱着吴永和大哭起来，那种绝望与无助让吴永和心疼，却又不知道怎么安慰她。他只好用手不停地抚摸着她的后背，让她慢慢安静下来。

杨小新哭够了，趴在吴永和身上猫一般安静待着，没有任何表情。自从与杨小新有了那一层关系后，吴永和感受她身上有一种与生俱来的特殊磁场，把自己一步一步地吸进去，挣不脱，也无法抗拒。这种力量，连他自己也说不清楚，完全不同于他当初跟麦利妮娜的交往，更不同于他跟妻子林可馨的相处。这是一种特殊的更深层次的感觉，像是他生命中固有的，却又无法说得清道得明。

饭店里的人很多，他们找了一个安静的角落，杨小新不再抱着吴永和，但她像小孩般黏在吴永和身边坐着，好像随时怕自己会走失般。吴永和拥着她，像呵护小孩般细心地呵护着她，给她夹菜，劝她多吃点，让她情绪慢慢稳定下来。

吃完饭，吴永和扶起杨小新，看着她阴云未散的脸，只好先把她送回家。

一路上，他们俩谁都不说话，路灯照着两人毫无表情的面容，明明灭灭，车与他们俩的心情一样，沉默着往前。吴永和时不时转头望向杨小新，生怕她有什么状况。杨小新依旧不言不语，没有任何表情。

到了杨小新家楼下，吴永和的心情相当复杂，他一边心里挂念着医院里的妻子，一边又放不下杨小新。看着杨小新拽着自己的衣袖，像个受尽委屈的孩子，吴永和于心不忍。抓住杨小新的胳膊扶着她往电梯里面走去。

上了楼，一进门，杨小新就搂住吴永和不放。吴永和想推开她，却浑身无力。潜意识里，他根本没法抗拒杨小新的诱惑。当她把身体靠上来时，吴永和再也无法控制住体内那股力量，所有的意志不得不服从自己的身体，欲推还就地与她抱在了一起。只有跟杨小新在一起，吴永和身体里面所有的压力和对女人所有的期待与渴盼才能得以完全释放，那股原始的超越人意志的力量，会牵引着吴永和往更深的地方去。这种时候，他的思想不得不服从自己的身体。

杨小新像黏在他身上的小宝宝，哭累了，释放完了就趴在吴永和身上睡着了。吴永和睡不着，靠在她的头上想着心事。也不知道过了多久，杨小新睡熟了，吴永和把她轻轻地放回床上，便匆匆赶往医院。

妻子林可馨今天一天情绪很稳定，赵阿姨很欣慰地告诉他。吴永和吩咐赵阿姨先回去休息，他想办法把妻子哄入睡。然后打开妻子的手机，开始同那人聊，他用尽各种办法，想让那人的真相浮出水面。但又不能太明显，万一被对手识破就前功尽弃。聊着聊着，一个熟悉的词语冒了出来，这个词语自己太有感觉，他仔细回想，曾有段时间经常见到的，想了很久，终于记起，上大学时，麦利妮娜就经常爱用这个词语。怎么可能跟她扯上关系，吴永和很是疑惑，极力让自己打消这个念头。应该是巧合吧，他在心里安慰自己，转而他又有种可怕的预感。一想到自己同麦利妮娜早已和平分手，她没有理由这么做，而且好长一段时间他们之间没有任何联系。他时而肯定，时而又否定，来来回回折腾着。

突然到访

　　吴永和同史乾坤等多位技术人员集中在实验农场，他们正为新的问题发愁，恰巧这个时候周副局长要来。

　　周副局长上次从神农管家科技有限公司离开之后，很难得再过来。他一开始并不看好立体农业，只是抱着扶持新生事物的态度勉强支持，后来看到立体农业发展迅猛，自己也想借此做出点成绩，谋取点政绩。

　　从植物一开始出现枯萎症状，神农管家科技有限公司就全面封锁了消息，吴永和只想在公司内部消化并解决好这个问题，并不想惊动外面的人。周副局长这个时候过来，难道是有人在他面前说了什么？还是内部有人走漏了消息？他是从哪条渠道得知的消息？现在公司上上下下都集中精力、积极想办法攻克这个难关，周副局长的到来意味着什么？

　　吴永和同史乾坤正头疼，高密度集中种植所创造的环境不但利于植物生长，同时也有利于微生物的繁殖，现在出现了一种无法攻克的病毒，这种病毒，正造成立体种植农作物大面积的枯萎及减产。

近几年，在吴永和同史乾坤共同的努力下，农业终于告别了传统的靠天吃饭的旧模式。不再依赖太阳、雨水或季节。在自然环境中，蔬菜瓜果的口感、甜度、产量等，取决于水、阳光、土壤养分、温度变化等一系列变量的共同作用。现在只要控制照明条件和温度，加上营养液就可以控制这些要素。

立体农场作物的生长条件与有机食品的标准要求大致相同，不使用杀虫剂。可控的生长环境意味着生产过程中不涉及使用氮肥和其他有害化学物质。完全由可再生能源提供动力，并且没有对附近的环境破坏，在未来数十年中很可能被证明是农业的典范。由于在室内，垂直农场可以对所有条件进行"完美微调"，所以全年都可生产高品质的农作物，而不必担心虫害、霜冻、干旱或其他通常会影响农作物的问题。不管是自动拖拉机还是除草机器人，近年来农业领域都发生了很大变化。立体农业可以减少水的浪费、消除农药的使用并缩短农作物生长周期，可以按需求种植新鲜蔬菜，从而减少90%的食物浪费。

但是立体农场可能会有一些其他新的问题，产生某种微生物或者某种可能目前并不严重的危害，这些都要防控。由于立体种植采用的是自动控制，各方面都很好，虫子比较容易控制，但是会有一些不好控制的微生物，像病毒、真菌，让人不得不深感忧虑。

"美国曾经有过一种植物病毒造成全域大豆种植的灾难，最后引进了中国大豆杂交，才解决了这个问题。从这里面可以受到启发，针对我们目前的这个问题尽快找到解决方案。"吴永和对下面所有的人说完，吩咐史乾坤继续与大家一起研讨，自己向会客厅走去。

"周局长，您好，今天怎么有空来这儿了？"吴永和见到周副局长坐在会客厅。

"听说你们这里的微调技术已经做得非常完善，想过来参观学习一下。"周副局长不露声色。

吴永和摸不清他的真正意图，接过他的话题滔滔不绝地讲起来："周局长客气，在微调方面，目前我们做得还是比较完美。光照、空气温度、湿度的调节，这些都不是问题，现在的这个控制技术，精度非常高，农业需要的温度、湿度相对来说没那么苛刻，我们的设备完全能够实现。关键就是成本和代价，就像我们家里的空调，温度实际上控制到一个标准范围就可以了，但实际上空调的温度可以控制得更精准。但越精准，需要的代价就越高。举个例子，比如说我们这个空间，虽然有空调，但每个角落里的温度其实都不一样，相差可能会有四五度，空调出风口温度是比较低，但其他地方温度高些。如果要把这个空间里的温度都搞成一样，不是不可能，但是这个代价就会很大。控制区最大的问题，一个是要实现什么？第二个实现这个的代价。能不能实现？这个问题不存在，肯定能实现，关键是实现的代价，经济效益才是我们考虑的点。适当控制就好，有时太精准，反而成本太高。"

周副局长微笑地听着，心里却在想着别的事，他第一时间就知道神农管家科技有限公司内部发生了什么，现在他装作完全不知情的模样，并不多问什么，一直镇定自若地坐在那儿喝着茶。倒是吴永和有点稳不住了，这么严重的事，瞒不是办法，他考虑再三，还是把事情原原本本地与周副局长反映了。并主动带领周副局长一起去农场看了情况。

史乾坤与刘达飞正在农场处理，大批植物枯萎，有的正面临枯黄。他们俩和一批技术人员正在商量对策，所有人表情严肃，心情沉重。大型的立体农业种植刚刚投入，就出现了这种情况，这是刘达飞始料不及的。已经消除了传统农业存在的病虫灾害，为什么还会出现这种大批植物枯黄的情形？刘达飞翻开植物的叶片，一片一片仔细地察看。所有叶片上的境况都一模一样，像是犯了一种病，但又检测不出具体是什么病。刘达飞采了好些叶子，回到办公室。他让下面的技术人员先用杀虫剂顶一阵，看看有没有什么作用。

　　经过三天三夜的试验与研究，刘达飞试验出原来这些植物都是受了同一种真菌的双重感染。因为立体种植是密闭环境，又是大规模种植，植物与植物之间非常密集，很容易产生一些病毒、真菌的感染，这是以前自然种植从来没发生过的事，如今症状出来反而是一件好事，可以研制出对应的治疗药物，制定好应对方案。

　　要想治理这些病毒与真菌，必须要用针对性的消毒剂，传统的杀虫剂已不起任何作用。新的有针对性的消毒剂没研制出来之前，只能先用传统的消毒剂先顶一段时间。制造对这种病毒和真菌有效而对人体无害的消毒剂，需要经过反复的长时间的试验。

　　"你们目前有没有找到更好、更有效的治疗方法？有没有想到对策？"几天后，周副局长打电话过来，对病毒和真菌的事表示关心。自己再怎么不喜欢立体农业，但事情成了自己有功劳，事情败了自己也好不到哪儿去，他只能往好处去想。

　　"周局长，我们一直在想办法，相关技术人员把精力都投在里面了，争取这个月底能有收效。"吴永和赶紧回应着，他知道周副局长的厉害，稍不留神得罪了可不是轻易能善了的，他不想给自己留有后患。

周副局长一直窝着一肚子的火，但还是压着，他明白只要有林副省长的存在，神农管家科技有限公司是不会怎么待见自己的。他也只能顺应事态的发展，希望立体种植不会出太大的麻烦。

吴永和已看清周副局长的真实目的，但他又不敢明着得罪他，其实公司的发展并不依赖他，但毕竟是直属管辖上级，说不定他一句话就起了决定性的作用。他有时不得不敷衍他，为了自己的事业，吴永和在为人处事、待人接物上慢慢也变得玲珑了许多。

大批的植物在继续枯萎死亡，史乾坤与刘达飞已焦头烂额，公司里所有顶尖的技术人员都被派出来全力支持。大批立体种植减少了杀虫剂的使用，相应减少了毒性。但又滋生了病毒与真菌，现在全力在研制杀死病毒、杀死真菌的药。既要对植物有效，又得对人类的健康没有损害，不得不进行反复试验。吴永和正焦虑地在办公室走来走去，病毒与真菌不解决，大规模的立体种植农业就没法继续下去，前面所有的努力与坚持都白费。全国多地的大规模立体农业试验基地已投入建设，这个问题现在能解决也得解决，不能解决也得解决。他必须得调集公司内一切力量来处理，哪怕压力再大，付出得再多。

神农管家科技有限公司的实验室里，吴永和同所有的骨干技术人员一起，大家轮流值班。经过三个多月的苦战，经过他们共同的努力，终于研发出一种大规模立体种植中植物感染真菌、病毒的清除技术，经过反复试验，并在植物与小白鼠间验证，没有任何副作用。这虽是一场灾难，也是一场挑战与磨砺，是吴永和同神农管家科技有限公司所有的骨干技术人员共同努力的见证。他们打破了常规，突破了自己，实现了非常好的防治效果。

当吴永和把这一切详细地汇报给周副局长时，周副局长听到这个消息开始是诧异，继而异常激动，一颗悬着的心终于可以放下了。他当时确实不看好立体农业，后来为了扶持新生事物，勉强支持了这个项目。他完全没想到吴永和带领的神农管家科技有限公司有一天会变得如此强大，如此有竞争力。一路上，他们克服一个又一个难以战胜的困难，攻下一座又一座难以攻破的堡垒，把立体农业真正有效地推着往前走。在这个基础上很快实现了产出、物流、销售、仓储、余料利用、管理、规章制度等一系列新的应用系统和生态系统的建立和进一步完善。

揭开谜底

　　繁忙的工作之余，只要一有空，吴永和就马上打开妻子的手机，跟她那个微信好友聊天，他用自己现学的心理学知识，小心谨慎地跟对方交流着，对方似乎没发现这边的任何异常，一如既往地跟自己聊着，深以为这个经常跟自己聊天的人还是林可馨，还是自己可以随意控制驾驭的傻瓜蛋。

　　吴永和有种感觉越来越明确，特别是经过这段时间的聊天后，他用反诱导法神不知鬼不觉地就进入了对方的心里。吴永和清晰地认识到，隐藏在妻子林可馨背后的那个女人就是麦利妮娜，越来越多的信息证明自己这种感觉是对的。尽管已这么肯定，吴永和打心底里还是有点不敢相信，他不相信麦利妮娜会干出这种事情来，毕竟他们之间有过四年的感情。但人心隔肚皮，想起麦利妮娜多年前就潜伏在妻子林可馨的微信里面，一步一步，将妻子林可馨诱导致抑郁，并且越来越严重，直至坠入深渊。他就恨不得一把把这个罪魁祸首揪出来，狠狠地给她点颜色看看。考虑再三，最后，他还是忍住了。他感觉到这个女人不是只针对自己的妻子，可能还有更大的阴谋藏在事情的背后，他不能让这个女人坏了自己的大事。吴永和突然想到她在丹麦时曾经送给自己的资料，那里面一定藏着一个比妻子林可馨的抑郁症更棘手的定时炸弹，他越想越觉得可怕，赶紧打电话让史乾坤把那些资料调出来仔仔细细精精确确再核算一遍。

吴永和调整好自己的状态，装作什么事情都没发生，与麦利妮娜继续聊着。还好，对方一点都没发现是另外一个人，她一直以为林可馨还在自己的掌控之中。她要利用林可馨控制吴永和前进的脚步，控制国内立体农业的发展，麦利妮娜很早就在国内布下了局，吴永和的妻子只是她的一个棋子，还有更大的棋子隐藏在背后。此刻，她正得意自己所布下的天罗地网，完全没有意识到危险正在慢慢向自己靠拢，麦利妮娜还在继续加大对林可馨的控制力度，却不知道这正给吴永和提供了可乘之机。过于操纵，任何用于攻击的武器都有可能反被别人拿来攻击自己。吴永和深知过犹不及的道理，他一定要从这里找到突破口，对麦利妮娜进行反击。

"董事长，上次你拿回来的资料我认真仔细地察看过，仔仔细细地核算过。这批资料，表面上看不出任何纰漏，但有一个细小的地方，我感觉有点问题，并反复地研究计算过。那个地方常人看不出任何问题，要很懂专业的人而且非常细心研究，才会发现问题。那是个致命的地方，一旦实施将会让我们的科研前功尽弃。还好，我们的大型立体农场还没到这一步，一切挽回还来得及。"史乾坤在电话的那端心存侥幸地说。

"好的，我明白了，这事只有你我知道，不能让第三个人知道。我们装作什么都没发现，按原套方案继续做下去。"吴永和不想打草惊蛇，他准备坚持错下去。吴永和感觉公司内部一定有接应的内线，他们在暗地给麦利妮娜提供情报。所以第一套方案必须继续轰轰烈烈地进行着，不露半点痕迹。

"我们上空有一张无形的网，他们正睁着一双双狼一般的眼睛盯着我们，我们稍不留神就会被吞灭，公司要想发展下去，我们必须得保守好我们的秘密。"吴永和再三叮嘱着史乾坤。

"放心，董事长，我一定会保守好公司的秘密，坚决把我们的立体农业做下去、做好、做强。"史乾坤说话的口气异常坚定。他自然懂得这其中的利害关系，不用吴永和多说，他知道该怎么做。

有了史乾坤的支持，吴永和信心增强了许多，他很感激史乾坤这位肝胆相照的兄弟一路对自己的追随。他更感激钱寿义在经营上的运筹帷幄，跟着钱寿义，自己在生意上也开了窍，成熟稳重了许多。他们仨常常一起商量着下一步计划，筹划着第二套方案该怎么做，如何绕开麦利妮娜的控制，如何避开所有人的耳目，正常开展工作。

第二套技术方案与第一套方案同时进行着，在无人知晓的情况下，神不知、鬼不觉地慢慢往前推进着，并且要绕开一切妨碍第二套计划施行的各种势力。

第一套方案继续热火朝天地进行着，吴永和他们要让麦利妮娜安插在神农管家科技有限公司的卧底都认为一切正常。他们一定要到最后揭开麦利妮娜伪装的面纱。

全面开花

　　史乾坤正在把种子和附着种子的编织物放进植物槽。最开始植物的根部是被浸在水里的，通过水来实现唤醒。后来，通过多次实验，发现将营养液雾化进根部，将会有更好的唤醒作用。用"气培法"种植方式，在容器的底部放一些培养液，植物的根系大部分处于悬空状态，培养液蒸发后形成气雾，然后再附着在植物的根系上。相比传统种植方式，在同等面积的情况下，"气培法"能减少95%的水分消耗，同时高出75%的产量。立体农场比传统农场的用水量可以节约近95%。除了水分和营养，作物生长的另一个重要需求就是阳光。立体农场用 LED 灯照替代阳光，能通过控制灯的颜色、强度来适应培养液的成分。此外，容器内还有负责排气和供氧的小风扇，以及密布的、可监测作物生长的传感器，遇到长得不好的会直接摧毁，免得浪费资源。时间久了，史乾坤同手下们还研究出了一套算法。利用算法可以改变蔬菜中营养成分的配比，从而改变蔬菜、粮食的口味，比如让西瓜更甜一点，让辣椒更辣一点。也可以根据居民自己想要的口味，随时对农作物的口感与甜味进行调整，调整到他们满意为止。

更为重要的是，这些复杂的操作都能通过电脑或手机 App 远程控制，通过数据的输入就能实现。别人以为操作人员是在玩手机，其实他们是在搞科学立体农业种植！

立体农场，翻倍的不仅是收成，24 小时提供光源，不需要农药和化肥，再加上众多科学工作者的悉心守候，部分作物的生长期甚至缩短到 12~16 天，这样的立体农场，首先带来的必然是翻了几番的收成。美国科学家迪克森·戴斯波米尔的测算显示，一座占地不足 600 平方米、30 层高的垂直农场可为 5 万人提供大约一年的农作物。如果建造大约 170 座这样的立体农场，就能为整个纽约市提供一年的粮食、蔬菜。

一座座高楼大厦，变成了种植园和花坛，钢筋混凝土成为绿色森林，这对调节城市气候也很有帮助，城市的夏天将会变得更凉爽。立体农场可以提供大量就业机会，它其实是个自给自足的生态系统，不仅包含农业，还包含了建筑业、机械制造业等。不仅需要专业的农业技术专家，也需要建筑师、工程师、城市规划师等，这是一系列智慧的集结。

史乾坤在研究大豆的基因培植与改变上取得了很大的成功，一方面他可以让花生榨油之后的残渣和大豆的残渣一样含有丰富的蛋白质，饲料可以直接利用花生的残渣来加工制成，满足了日益增长的市场需要。另一方面他改变了大豆的基因，让它的植株变矮变小，更适合立体种植，这样大豆可以在立体农场里面直接种植，大豆问题的解决，就解决了我国农业用地供不应求的一大难题，以后大豆就逐步不再需要大量进口了。

史乾坤现在研究的重点是那些占用空间较大、生长周期较长的粮食作物。想要保证立体农场种的粮够吃，要么将粮食亩产提高数倍，要么让小麦或水稻等植株变矮变小，目前，这两样都在进程中，虽然是难题，但史乾坤一定要做。他要研究出植株较矮的水稻，这是解决问题的关键。史乾坤一定要以这种方式生产水稻和小麦等主要粮食作物，真正解决世界上的粮食难题，让我国的立体种植业走上一个新的台阶，让世界为之瞩目。

各国垂直农场、立体农场都是利用自身优势大幅冲淡了高成本，从而使垂直农场、立体农场具有了落地生根的可能。美国、日本、荷兰、韩国靠的是技术，荷兰靠的是 LED 光照系统，新加坡、古巴、阿联酋等近赤道国家靠的则是充足的阳光。现在吴永和同史乾坤他们在想办法充分利用沙漠、盐碱地、滩涂、荒地等地方的自然优势。

这些技术成熟后，大量土地空出，空出的大部分土地可以用来发展种植其他农产品，也可以用来盖别墅，还可以做些绿化种植，并且立体种植在技术上也可以出口。反过来，这些立体农场的成功建成，又为目前用于耕作的农地提供了退耕还林或休耕的机会。

光照技术的提高

大型立体农场的逐步建成给神农管家科技有限公司带来了巨大的改变，源农科技发展有限公司也迅速发展壮大起来。产量提高后，社会形态也随之发生了相应改变，对社会产生了明显的影响：人工减少、种植成本降低、各种产业链成本降低。为了降低过高的能源消耗，吴永和与史乾坤联合专业生产 LED 灯的信隆源公司，尝试着开发更高效的 LED，研发 LED 灯如何让植物更耐受。在太阳能的利用上，也动用了不少人力与物力，集中精力开发太阳能利用的新领域。

目前，神农管家科技有限公司研发的 LED 灯照射的光谱只有两到三种，不能够覆盖植物的全部需求。而植物生长需要四到五种光谱照射，如果要达到这种要求的话，需要相当高的成本。因此在选择农作物的时候要进行反向选择，现有的 LED 比较经济、发光效率比较高的、便宜又比较耐用的 LED 灯的光谱正好是这种植物所需求的，所以就选这样的植物。如果某种植物需要的光谱正好是现在 LED 覆盖不了的，那这个植物就不太适合目前的立体种植。哪个农作物，需要什么光照，缺了什么光照不行，神农管家科技有限公司都经过长时间的实验，详细清楚地记载各种数据。试验通过基因优化，让植物改变原有光照的偏好，来适应现有的 LED 灯的光谱。

同时，在信隆源公司的协助下，通过长时间的摸索，吴永和与史乾坤终于研发出一种让植物更耐受的 LED 灯，开发适合植物生长的激光植物生长灯，并且使用光纤电缆，白天将阳光直接导入室内立体农场，以减少对人工照明的需求，充分利用好自然界中的免费光源。

安装激光植物生长灯后能增强光合作用，提高植株的抗病毒能力。让甜瓜秧长势好、挂果多，果实成熟后果色好、含糖量提升了10%，激光植物生长灯不仅能增加甜瓜产量及含糖量，还能实现提早上市。

更多的是利用自然光，太阳能作为可再生的绿色能源，被广泛利用，太阳能利用技术主要分为太阳能光热技术和光伏发电技术。前者靠太阳能产生热量并加以利用，如太阳能热水器，可以利用到太阳能的百分之七八十。后者利用太阳能发电，然后将电能直接使用或由蓄电池储存起来。现在太阳能发电的成本跟火电的成本已经接近了，所以说，如果能利用它的热比利用它的电效率高很多的话，那么应该考虑是不是直接利用太阳的热，毕竟立体种植也是需要加热和制冷的。这两种技术都需要将太阳能进行转化，至于转化效率是高是低，有待进一步研究提高。

如果将太阳能的照明价值直接利用，不但绿色环保，而且必将发挥它的最高效率，吴永和与史乾坤同信隆源公司一起着力研究新型光纤导光技术，让太阳能直接用于照明。他们目前研究到的光纤导光是利用全反射原理将太阳光传送至某指定位置，使用灵活多变，局限性小。太阳能光纤导光装置属于主动采光技术，它是将太阳光收集后导入光纤中，再通过光纤传导至末端的出光装置，为人们提供光源。整个系统由太阳光聚光装置、导光光纤、出光装置组成。太阳光聚光组件主要有菲涅尔透镜和凹面镜两种，自动跟踪收集太阳光的方式根据不同地域的太阳轨迹预先设定控制程序和实时探测太阳位置进行控制两种，出光装置可以将光线散开，提高照射范围和改变照射方式。如果在系统中增加光伏发电、蓄电功能，可以利用光转换的电能为系统运行提供动力，可以在夜晚、阴雨太阳光缺乏时为系统提供光源，弥补立体种植光源的很多不足。

该系统将太阳光通过光纤导入室内实现照明，其自动追踪太阳光装置的运行和夜晚，阴雨天气备用照明可采用光伏发电所储存的电能，因此是完全利用太阳能的系统，具有绿色环保的特点。更主要利用太阳能的独立系统，直接感光，不需要供电线路，因此用于立体农场可以节省许多电力成本，也可以随时调用，不用电缆，既节约成本，又绿色环保，实现合理节约利用能源。

露出端倪

　　杨小新能喝点酒，吴永和知道，但酒量如何，吴永和并不清楚。平时带她出去一起吃饭，她从来不喝酒，偶尔喝点也是喝红酒。特别是这种应酬场合，杨小新基本上是意思一下，点到为止。

　　吴永和带她出来，也就是凑凑人气，装装场面。这种场合大家都是客客气气，互相聚聚聊聊联络联络感情。好的、坏的，也许一句话对上号，一件非常难办的事瞬间也就解决了。

　　不知是有意还是无意，杨小新今天有些不对劲，她对敬酒的是来者不拒，一杯接着一杯往肚里灌，还一个劲地敬人家酒。想起上次她在办公室哭的情景，吴永和心里就有许多疑惑，应该是发生了什么事，但她不肯说，吴永和也不好多问。

　　吴永和几次想劝阻她，但客人在兴头上，不好扫了人家兴讨不快，只能眼睁睁看着她在那儿任性妄为，自己在心里生闷气。整个场面上，杨小新像主人般，该敬谁，要敬谁全凭自己的兴致，高兴了就一饮而尽，完全忽略吴永和的存在。

　　晚宴现场，杨小新并没表现出有多么不堪，喝到最后也只是有些恍惚，坐在一旁不说话而已。整桌人一晚上喝得很尽兴，个个夸赞杨小新好酒量，巾帼不让须眉，女中豪杰。在座的一个个高高兴兴地离场，只有吴永和一个人闷在那儿什么也不想说。

一上车，吴永和就感觉杨小新完全不在状态，整个人瘫了下去。车没驶出多远，她就开始呕吐，越呕越厉害，越吐越难受。吴永和不得不把车停下来，帮她清理身上的污垢。清了又吐，吐了又清，吴永和索性把车停在那儿，等她吐个够。看到杨小新难受的样子，吴永和心里也不好受，但这种时候说什么都显得多余。他不知道杨小新最近是怎么了，各种行为都有些反常，就算今天在酒桌上阻止她，估计也是白费力气。

待她状态好些时，吴永和继续往前赶路。已经是晚上 11 点多，路上的行人车辆稀少，一路畅通无阻，车开得比平时快，呼呼的风不间断地从耳边刮过。很快就到杨小新家的楼下。杨小新还是不太清醒，吴永和把她扶下车，架进楼道里。电梯迟迟未下来，吴永和按了许多次，可电梯一直停留在 13 楼，大半夜的，难道是坏了？吴永和有些着急起来。杨小新浑身无力，他几乎是把她抱在怀里。等了许久，电梯才下来，门开了，他们赶紧进去。

"钥匙，你的钥匙放在哪儿？"到了门口，吴永和推着昏昏沉沉的杨小新问。

杨小新软弱无力地靠在他怀里不出声，吴永和只好伸手到她的包里去掏。半天才找到钥匙。打开门，杨小新住的房子是一房一厅，吴永和来过，但每次都是匆匆忙忙，没怎么注意细节。这次细心地看了看，房子虽然小，可收拾得清新干净，不落俗套。

吴永和帮杨小新把脏衣服脱掉，然后扶她到床上，给她盖好被子，正准备抽身离开，杨小新一个翻身把他紧紧抱住。吴永和一愣，想推开，却又周身无力，吴永和对眼前这个女人早没了免疫力，他感觉到生命深处有一种人力不可抗拒的力量牵引着自己，他越是不想，那股力量拉得越紧，让自己透不过气来。

杨小新的手抱得越来越紧，尽管这时吴永和心里还搁着别的事，没心情与她在一起，但吴永和还是控制不了那股莫名的力量。当杨小新的嘴唇寻找到他的嘴唇时，这个女人激发了他生命中最原始的呼应，他无可抗拒地迎了上去。杨小新平时一副清冷高傲的模样，可一与吴永和在一起就像一团火，把吴永和烧得癫狂，吴永和不能自抑地恨不得把她整个人吞了下去。

一阵狂轰滥炸般的燃烧后，两人沉沉地睡了过去，吴永和醒来已是凌晨1点多。在他转头之中，无意中看到杨小新的手机上滚动的一条信息，虽然只一晃，却在他心里翻起了轩然大波，吴永和心头一惊，那头像是那么熟悉，就是一直与自己妻子林可馨聊天的那个头像。杨小新怎么会有麦利妮娜的微信，吴永和有点不敢相信自己的眼睛，他赶紧拿起她的手机，猛地一划，可屏幕已锁，怎么也打不开。他的心一下掉进了冰窟窿，吴永和再有想象力也从来没想到过要把杨小新跟麦利妮娜扯到一起去。他们之间到底是什么关系？与自己有着什么样的联系？吴永和的心情一下子陷入低谷。

看着熟睡的杨小新，这个谜一样的女人，吴永和的心慢慢开始变冷，以致对这个女人所有的美好感觉全部消失，瞬间觉得她是如此可怕，他快速穿好衣服打开门逃命般地跑了出去。

建议受挫

自从上次给神农管家科技有限公司的建议被拒，周副局长一直窝着一肚子的火。他认为把城中村打造成集居住和现代化种植相结合的立体农场，把那些烂尾楼改建成立体农场是件两全其美的好事，不被吴永和他们看好不是自己的建议有问题，而是吴永和他们对自己有成见、有想法。这次有人给他推荐国内建设垂直农场的策划书，他很兴奋，兴致勃勃地拿给吴永和他们看。吴永和看完后把策划书递给史乾坤，他想先让史乾坤谈谈自己的看法，史乾坤认真地看了策划书。

建设城市垂直农场的策略：

（一）建设"第 N 代卫星城"

（二）建设"复合功能型"的高层农场建筑

（三）与城中村改造结合

（四）与房地产开发结合

（五）充分利用当地的绿色资源

史乾坤觉得建设"第 N 代卫星城市"，实行立体种植后把大量土地空出来了，可以在大城市周边发展中产阶级居住区，也就是别墅区。让城市的核心功能更集中。居民可以每个礼拜或者每个月去市中心的大型超市，或者大型的游乐场所，平常在周边的小城镇里生活就可以了。大城市的周边布满小城镇，而且环境非常好。现在有钱人不到郊外住，因为郊外配套条件很差。以后土地空出来了，大城市的周边可以建好的学校、好的医院、好的服务场所。要形成第 N 代卫星城市，必须得先有空间。

"卫星城的这个规划其实之前也搞过一段时间，都是失败的。关键是中产阶级集中居住于闹市区，在这个现状下发展卫星城，其实是不符合现实。人们需要一个比较好的舒适的居住环境，这个需要有土地资源，一般的城市不太敢冒这个险。所以建农场时把位置从城中心移到了更远的地方。如果市中心将来都是高楼大厦，而周边的卫星城全是别墅区，那就给中产阶级的居住选择创造了一个新的条件。

"建设功能复合型的立体农场，实际上是需要有全方位系统性的科学研究：农场的种植房子怎么建？到底建多大多高比较合理？建筑成本、运输成本等要多方面考虑，到底怎么播种怎么收割、怎么洒水？怎么提供营养液？怎么消除病害？全部用机械来做，到底要怎么实现？这一系列的问题都要事先去考虑安排，各种功能都得先研究清楚。我们要进行的这个项目本身具有不确定性，需要有人去研究才行，要合理化运行，不然就可能造成能耗高、成本高的状况，这是个渐进式优化的过程，我们公司在技术研发过程中一直在考虑这些因素，因为我们以后的大型立体农场都往这方面发展。

"和城中村改造结合其实关系不大。现在很多的城市其实是没有向外扩张的条件，关键是没有足够的土地。将来这个问题就有望解决了，城市中产阶级如果搬到郊外去了，城里面这些房子可以留给相对来说收入不太高而在城市工作的人，整个城市改造、发展的很多问题就迎刃而解了。关键是把土地腾出来了，高房价也就可以缓解了。

"跟房地产开发结合，这个是我们一直强调的，首先要有土地，而且这些土地必须是在比较良好的自然条件下，比较适合人类居住的地方。那些沙漠、盐碱地、滩涂、干旱地段，可以用来建设大型立体农业的基地，适合人类居住的地方可以用来建别墅。现在反过来，我们是让农作物向高空发展，人呢，就向地面发展。人去住别墅，这是我们最重要的一个项目。紧靠市区的土地空置出来比种植一年收获千吨的经济价值更高。可以拿来出租也好，卖也好，都是很值钱的，财政收入也就有了。

"如何充分利用当地的绿色资源，分两个方面讲，第一，就是立体种植应选择一些边缘地带，就是现在自然条件不好的地方，比如说山边或者是沙漠、盐碱地、滩涂、荒地，我们会刻意选择这些普通农业不适合利用的地方，来大力发展立体种植。第二，现在土地种植以后，会产生大量的废物，比果实收获了以后，就有大量的根、茎等废料，该怎么去利用？这也正是我们选择沙漠、盐碱地之类地方的原因。首先这些地方的土地非常便宜，同时一些叶子、根、茎都可以作为饲料饲养牛羊。利用自然条件不太好的地方建立体农场，同时在旁边再建一个养殖场。我们实现了立体种植以后，这一系列的问题都会迎刃而解。"

史乾坤一股脑儿说了一大堆，总之，他不太赞成周副局长的这些想法，神农管家科技有限公司早有了自己的安排与打算，周副局长的那一套只能打乱他们自己的计划。他说完同吴永和用眼神交流着意见，吴永和很赞赏地点了点头。

　　周副局长一点不满意这种答复，他想跟他们继续争论下去，可这时钱寿义与杨维根过来了，他们有更多的事情要讨论安排，这个话题只能暂告一段落。

筹划新的目标

　　源农科技发展有限公司成立后，公司发展迅速，运作正常。钱寿义与杨维根两人看起来很兴奋，这天，他们一大早从达达州市坐飞机赶来，水都没顾得上喝一口就直奔神农管家科技有限公司。立体农业不但能解决庞大人口的吃饭问题，而且创造了一种新的食物生产模式，在摩天大楼里种植粮食蔬菜。城市不再单方面依赖于农村的粮食蔬菜供给，有了立体农业，城市就能自己"养活"自己。而且种植作物不再受旱涝等的影响，不再担心土壤的污染和虫害的肆虐，农产品生产将更加高效。

　　对目前大部分人被圈在高楼里的生存方式，钱寿义与杨维根早已感到疲惫，他非常赞同吴永和的目标：让粮食与蔬菜上楼生长，让人类回到地上呼吸，解放被桎梏的灵魂，回归人的天性。让人从高楼里脱离出来，住到地面上，把空出的土地盖低层楼房、别墅，这样人人都能拥有房子，更多人可以住上别墅。

　　"上次提到的让更多植物的基因改变成适合立体农场种植的这个问题，目前解决得怎么样了？"钱寿义对着吴永和问道。

　　"据华南科信基因公司李立强工程师的反映，目前大量的植物基因改造还存在一定的困难，这是个渐进的过程，有可能要经过 10 年、100 年的努力。"吴永和很认真地回道，"在他们的协助下，我们现在已经有二三十种植物通过基因改变，适合进行立体种植，我们是先选一些可能性比较高的、难度比较低的去进行。随着立体种植的不断推进，能适应立体种植的植物越来越多，就像世界的工业化，从瓦特发明蒸汽机到现在电脑、量子计算，这是一个人类发展的过程，技术发展也是有一个过程的，不是一蹴而就的。"

"既然基因改造已成常态。"杨维根说，"现在我国要进口大量大豆，因为大豆有两个主要用途：第一，它可以榨油；第二，它榨油的残渣是富含蛋白质的饲料。芝麻油也非常好，它的不饱和脂肪酸含量高。大豆的残渣是做饲料的主料，如果花生、芝麻的残渣也可以富含蛋白质，跟大豆相接近，那就理想了。我们目前能不能通过基因改造来实现呢？同时我们希望花生既能榨油，而且榨出来的油像芝麻一样香，不饱和脂肪酸含量高，又可以长得矮，利于我们多层种植，亩产可以提高一些。因为大豆、芝麻长得很高，对立体种植来说就不利，因为占的空间比较大。花生亩产是 500 斤，大豆产量 300 到 500 斤，那么花生产量相对来说就比较高。"

"这个是我们目前正在研究的课题，通过基因优化，让大豆长得像花生一样矮，让花生的残渣像大豆一样富含蛋白质。"史乾坤接着说，"大豆每年的进口量很大，我们国家的农田，除了东北可以种大豆以外，很多地方是种不了大豆的，因为田太瘦，而且这样的田种的大豆产量很低。种完大豆以后，还会让土壤变得更贫瘠，两三年内都不能种其他的植物。"

"我们现在着手开发的一些偏远地区，急需要新的技术来填充，我们要加大力度，要把立体农场的这些优点宣传出去，要激发更多投资者来投资。激起更多财团的兴趣，让更多的资本加入这项事业。"吴永和看起来踌躇满志，金融理念也进步了许多。

"是的，现在我们筹建的大型立体农场可以将传统的山地、坡地解放出来，用来种植更多树木，从而减少大气中的二氧化碳含量，减缓全球变暖进程。"史乾坤说，"我们创建的城市周边立体农场本身就在都市边缘，产品可以直接运往有需要的地方，从而节约运输成本，并减少运输带来的污染。目前我们立体综合农场有更多优点：1. 占用地表面积少；2. 便于管理；3. 病虫害易于防治；4. 节约大量耕地面积，使单位地表产能更高；5. 可以 24 小时不间断生产；6. 农业生产的工业化和自动化控制；7. 农作物的改良和优选，使农作物向高产、小型化方向发展，以适应高楼的建筑构造（承受力）和生长环境；8. 净化城市大气；9. 节约大量耕地面积，以种植木本植物，让气候得以改善。

"全球食物生产的成本其实在增加，使得立体农场生产更具竞争力。人们生活在一个充满无人机、未来概念车和立体农场的世界。通过先进的生态技术，城市能够更好地服务于居民，达到了完美的和谐。可以减少碳排放，净化城市空气，改善城市居住环境。"

"对，这些优点要充分宣传出去，可以请一些策划公司来运作，帮助我们推销，吸收更多的资金进来。这方面我可以出面请人。"杨维根比史乾坤更有兴趣。

水落石出

好些日子，吴永和一直提不起兴致，他时常莫名地失意、低落，有时他想把自己用力拽回来，可终归无能为力。

杨小新手机屏幕上那条滚动的信息，像一枚随时会爆的炸弹，时时煎熬着他的内心，让他寝食难安。他急切地想弄清事情的原委，可他又害怕水落石出的那一刻。他更不愿意去相信一个自己好不容易为之付出爱意的女人，会成为背叛自己的敌人。每每想到这些，他都会浑身冒冷汗，幸好自己严防死守着第二套方案，在杨小新面前从未透露一丁点，不然，他真的不敢想象事情的后果。

来到办公室，杨小新像往常一样，热情地对他打着招呼，似乎没发现吴永和的任何异样。吴永和强打起精神，装作什么都没发生，正常地处理日常的事务。

自从他们之间有了那层关系以来，彼此之间有了更多的默契，一些事情不用吩咐，杨小新会主动完成、做好。可现在，吴永和却心事重重，连日常的事务都处理得乱七八糟。杨小新似乎意识到他的不对劲，一整天都安分守己地坐在自己的位子上静静地完成分内的事。

吴永和有几次想冲动地问她，但他还是忍着，他明白这事不能这么简单地处理。不弄清楚，心里又一直放不下，纠结着该不该约她。时而拿起手机，时而又放下，魂不守舍地折腾了一整天。直到快下班时，吴永和才给杨小新发了个信息："晚上一起去吃饭。"

信息一发出去便收到回复："好的。"估计杨小新整个一天也心神不宁，她似乎一直在等他的这个消息。她不知道到底发生了什么事，让吴永和表现得这么不同寻常。

下了班，在去饭店的路上，跟杨小新一起坐到车里时，吴永和有种特别的感觉，那种感觉带给自己无限的温暖与踏实，他甚至觉得上次那条信息是自己看错了，瞎折腾。他宁愿相信这一刻真实的感觉，一只手开车，另一只手不自觉地拥住了杨小新，他生怕这种感觉突然间消失。

也许是彼此冥冥中有了某种不舍，这次饭吃得特别安静默契，谁都不想破坏这种美好的感觉。

吃完饭送杨小新到她家楼下的时候，吴永和甚至想放弃后面的计划，不再去追究一切。杨小新不舍，抱住他不放，他不得已把她送上楼。

按吴永和自己的计划，他后面会一步一步拆穿杨小新的真面目，让她现出原形。可一到房间，杨小新便抱住他不撒手。她像个受了委屈的孩子，紧紧贴在吴永和怀里。吴永和一时忘了自己下一步该做什么，双手不自觉地抱着杨小新的头，不停地安抚她。

杨小新在吴永和的怀里抽噎起来，而且越来越厉害，以致最后大声哭出来。她泪眼蒙眬地望着吴永和，可怜兮兮的样子让吴永和心生怜悯。吴永和猛地抱住她狂吻起来，两具躯体如干柴烈火般燃起熊熊大火。

折腾累了，他们相拥着躺下来，吴永和想休息一会儿。杨小新此刻特别冷静，仿佛生离死别般的决绝，她把压在心头的话一股脑地吐了出来。

"今天你的状态很不对劲，我不知道你到底发生了什么事。也不知道你对我是什么态度，但我很明确地告诉你，我是真的爱上了你，所以这段时间我一直在纠结与痛苦中度过。心里这么久一直压着一块沉重的石头，我都要被逼疯了，现在我想清楚了，我必须跟你说明一切，不然我会被别人也会被自己逼死掉。我之前一直在美国留学，本来准备在美国找一家公司上班的，麦利妮娜花高价请我到你们公司上班。因为我学的也是农学专业，跟你们研究的东西很合拍，麦利妮娜花高价钱的目的是让我到你身边做卧底。我每天必须把你们公司的情况一五一十地上报给她们，而且我要利用一切手段引诱你，不允许带有任何感情色彩，现在我已犯了大忌，有人已告到麦利妮娜那儿，她已对我下了最后通牒，让我必须管好自己，否则要重重处罚。上次的植物真菌病毒感染是我一手造成的，芭比果被告的事情也是我安排人做的。麦利妮娜让我必须拖住你，阻止中国农业的超前发展。目的是麦利妮娜所在农业公司拟在中国筹建300个立体农场，最高产量为传统农业产量的350倍。"杨小新一口气把压在肚子里的话说完了，她不想违背自己的内心，不管等待她的是什么。

听到这个消息，吴永和反倒平静了，这些天的恐惧不安反而烟消云散，彻底知道了事情的真相，他的心里反而有了底。

"在丹麦，那个跟踪我的人是不是你？"吴永和突然想起在丹麦时那个跟踪自己的人。

"是的，是麦利妮娜派我过去的，包括后面安排我进你们公司，都是她一手操纵的，她在国内还有别的眼线，不过我不清楚，我跟她只是保持单线联系。"杨小新盯着吴永和的眼睛真诚地说。

吴永和听到这儿，心里打了个寒战，刚刚平静的心又起了波澜。还有别的眼线？那到底谁是她的眼线？这个眼线又安插在哪个位置？他的心又掉进了冰窟窿。

生产周期技术精进

在北疆省，按照第二套方案，筹建的立体农场已粗具规模，刘达飞与一大批新培养的技术人员全部调往北疆省的坤仑城，在月牙湖畔，他们建立了新的实验室。

刘达飞与手下技术人员正利用精密仪器悉心守候，他们要切实将部分作物的生长期缩短到12~16天。植物生长期缩短的方法，第一就是通过基因优化，第二就是通过改变光照条件，比如现在我们是12小时白天，12小时夜晚。那我们人为地调整，先对植物进行驯化，实现白天10小时，夜晚10小时，然后逐渐让这个植物进化到6小时白天，6小时夜晚或者4小时白天，4小时夜晚。这就实现了让它的生长周期缩短，同时，还要保证这个植物的营养，或者植物的其他特征尽量不改变。这个植物的驯化可能需要基因变化或基因表达量的变化，并且需要一个比较长的周期。

在自然种植的情况下，其实有些植物的生长周期本身就很短，比如我们所知道的一些青菜，如空心菜、菠菜、上海青等，它们的生长周期本身就很短，两三个星期就可以收割。如果白天光照充足，温度也还可以，然后再加上促长剂，那么更短时间就能收割。

还有些草科蔬菜，它们在自然种植中生产周期都很短，更别提立体种植了，也许一个星期就能收获成果。

有一些植物，比如说像花生、大豆等，其生产蛋白质、生产脂肪，那么它的生产周期肯定就要长些。实际上碳水化合物含量高，所需要的光照时间长，需要的时间就久。从本质来讲是能量转换，你怎么样把光能转换成碳水化合物的化学能。多大的叶子？多大的面积？光学转换效率如何？这本身就受到一些物理条件的制约。所以，并不是所有的植物生产周期都需要很短的时间。自然界花生，需要时间长达 6 个月，那么我们把它缩短成 3 个月就很好了。天数已不是需要关注的重点，相对于自然界的大田种植缩短多少倍或者是多少天，在自然界生长周期是多少天，立体种植生长周期又是多少天，这是要关注的。不能只重点关注绝对值是多少天，要重点关注比自然种植少用多少天。

动物实现生长周期的缩短，已经不是什么稀奇的事情。现在我们要设法驯化植物的生长周期，让它缩短，我们并不是非要严格到多少倍，我们可以循序渐进地进行。

在自然种植中，大都只是通过给蔬菜添加促长剂，就可以把生产周期缩短。在自然界种植中没法控制昼夜温差，昼夜时差还是白天 12 小时，晚上 12 小时，也没办法控制这个光照及时差。如果在立体种植中，我们不但能够控制温度与光照，还要基因优化，对植物进行驯化，就像动物一样，驯化以后，慢慢就实现了短周期的生长。

在立体种植中，我们可以把一些蔬菜的生产周期缩短，也可把一些高蛋白的高脂肪植物的生长周期缩短。一年中我们可以反反复复种植，不会像在大自然中种植一样，受到土壤条件的制约，种几次后，土质就变差了，不再适合植物生长。实行立体种植后，就不存在这种情况，我们的植物主要是吸取营养液，随时可以供应上，一年可以种植许多次，当然产量可以成数倍地增长。

合理利用热量有了新的进展

大型集约化综合立体农场的逐步建成，促使新的技术必须加快步伐跟上节奏。这给史乾坤和刘达飞增加了压力，同时也给他们增加了动力。

植物和环境之间存在着极为密切的关系。一方面，植物必须依赖环境而生存，在其个体发育的全过程中，需要源源不断地从周围环境中获取所必需的物质和能量，不断建造自己的躯体；同时又将其代谢产物排放到环境中去，通过这种关系维持其正常的生命活动和种群的繁衍。另一方面，植物又通过自身的生命活动影响和改造周围环境，促进环境的演化。环境控制和塑造了植物的生理过程，形态特征和地理分布；植物则在适应环境的同时，改造和影响着环境，形成了一种相互影响、互相制约、共同发展的关系。在不同的光照、热量、水分等环境条件下，植物的群落结构、形态特征、生理过程和地理分布等方面有很大的差异性。正是由于环境条件对植物有着很大的影响，使得许多植物对其生存的环境具有明显的指示性。如芦苇指示了水湿环境，骆驼刺指示了干旱环境，铁芒萁指示了酸性土壤环境，碱蓬则指示着盐碱土壤环境。现在，通过立体种植，打破了这种依存关系，人类可以人为地制造这些与自然一样的环境，合理加温、加湿、制冷来达到植物所需要的外在环境条件。

合理利用热量资源是保证作物高产、稳产和提高质量的重要措施。为了充分利用热量，刘达飞认真地研究了熵增原理。在立体种植里，农场里面需要有适宜的温度，比如说光照的时候，模拟白天温度就升高，模拟晚上的时候把灯光调暗，或者没有灯光，把温度降低，去适合植物的生物钟。

假如我们定的 6 个小时就进行一次昼夜变化，那么我们温度升高与降低也要做相应的变化。升温需要用电加热，降温需要空调降温，消耗的电能非常大，两边都耗能。如果能够把升温的改为不用电去加热，而是采用一种热空调，通过吸收另外一边的能量来加热这边，另外一边就自动降温。这边降温的时候那边升温，那边升温这边降温，一边白天，一边黑夜，循环往复，这样能量消耗就降低。

总的来讲，我们整个系统需要输入电。那么，就把整个系统做成一个物理概念，利用熵增定理，让耗电量尽可能地降低。加热的时候就不要消耗那么多能量，因为这边变热，那边变冷，理论上可以不需要消耗能量。只需要消耗这些能量的百分之几就可以实现高温和低温的转换。

这个需要一个物理技术，不是一件简单的事情。刘达飞给研发团队的每个人反复讲述这个概念，有了这个概念以后，就会把冷热交替、温度控制、空气循环都利用这个熵增定律做一个优化，最终的效果就是让能耗降得很低。加热这个空间需要 10 度电，给这个空间降温也需要 10 度电，由于使用了熵增原理，只需 3 度电。

　　刘达飞认为最后要有一个很重要的指标，就是这套系统每耗 1 度电，能产生多少斤花生或者产生多少斤谷子或者产生多少斤小麦？这就是能达到的节能效率。

　　我们人类自身也会通过化学反应，散发热量，回馈宇宙，一定程度上减少了熵增，但是人类的力量是渺小的，无法抵抗熵增，在了解"熵增定律"之前，我们先要知道什么是"熵"，大意就是说在一个封闭的系统内，总能量保持不变，能量这个东西不会凭空消失，只会从一种形式转化为另一种形式，比如说火力发电的过程，燃料化学能——→蒸汽热能——→机械能——→电能，简单来说就是通过燃料的燃烧产生热能来加热水，然后再由水蒸气推动发电机来发电，但是，到了这里，科学家们发现了一个漏洞，能量根本做不到 100% 的转换，因为在火力发电这个过程中，从热能转换成电能的效率只能达到 39% 左右，也就是说，有很大一部分能量在转换的过程中就被消耗掉了，而这部分被消耗掉的、无法重复利用的能量就是"熵"。

失　踪

　　杨小新突然失踪了，而且已经是第三天了，电话打不通，信息也不回，到处找不到人影。

　　上次杨小新跟他交底后，吴永和就意识到会有不好的事发生，但没想到会这么快，让他有点措手不及。吴永和习惯性地把文件往右边一放，以往杨小新都会过来把它整理好归类，现在文件杂乱无章、堆积如山，吴永和没心情看一眼。本来他还在心里想着哪天找个机会跟她好好谈谈，去与留也得有个明确的表态，可还没等他开口，人就不见了踪影。吴永和内心多少有些挫败感，但他还是决定放下手头上的事，去她住的地方看看。

　　到了杨小新家的楼下，他有点犹豫，想尽快上去看看结果，却又怕看到结果。其实在他心里已经有了预感，却又不甘心，还是想上去证实一下，给自己一个肯定的答案。

　　电梯载着他，像穿越一座高山般，沉重又漫长。门紧紧地关着，屋内没有任何声音。吴永和开始轻轻地敲了三下，又继续敲了三下，里面没有任何反应。他在心里松了口气，想就此返回，走到电梯口又折回去，连续敲了几次，还是没有任何反应。明知道里面没人，吴永和敲门的声音越来越大，到最后他几乎是用手捶着门，一边捶门，一边想象着很多种结果：杨小新在屋里上吊、喝药、开煤气自杀，越想越后怕，敲门的声音就越大。

"到底发生什么事了？"住在同一楼层的房东被惊动了，急匆匆地跑过来。

"我一个朋友住在里面，她已经好多天不见人影了，怕她出什么意外，我想找到她。"吴永和有些沮丧地说。

"我去拿钥匙，帮你打开门看看。"房东边说边走。

吴永和的心终于可以平静下来，连他自己都没意识到原来杨小新在他的心里已经深深地扎下了根，杨小新的离开让他像失了魂般。5分钟后，房东拿到钥匙跑了过来。吴永和急切地从房东手里抢过钥匙把门打开，屋内什么东西都在，还是上次他看到的样子，连放在床头的她自己的照片都还在，穿过的衣服也一件件整整齐齐地挂在衣柜里，只是人不见了踪影。

"她有没有跟你说过要退房之类的话？"吴永和急切地问。

"没有哦，住了那么久，她人一直都很好，按时交租，对人有礼貌，从来没有什么麻烦事。有可能是出去旅游了吧，再等等看，说不定明天就回来了。"房东好心地劝道，她似乎也不想失去一个这么好的租客。

知道了杨小新的身份，吴永和本来要恨她的，可此刻他却恨不起来，内心深处对她反而多了几分同情。吴永和心里很清楚杨小新能窃取到的也只是他们原定的第一套方案，那套方案只是走走过场，蒙骗公司里面他们安插的耳目，并不影响自己第二套方案的执行。吴永和的第六感告诉自己，杨小新不可能再回来了，但看到屋内什么东西都未带走，他又隐隐地期望她能回来。

回到办公室，杨小新的一切东西也未拿走，就仿佛出差去远方了一般。人力资源部的刘部长过来了，他问吴永和："董事长，杨小新已三天没来上班了，该怎么处理？"

"我正要问你呢，杨小新当时是怎么进的我们公司？是按正常手续招进来的吗？"看到刘部长过来，吴永和连连发了几个问。

"小林当时家里出了点状况，急着辞职回老家。刚好杨小新过来应聘，她在学历及专业上都非常适合这个岗位，我就一眼选中了她，这在过后我向您汇报过。"刘部长解释道。

"没有人推荐她过来？"吴永和并不想听这个理由，他想从杨小新的背后找到更多的缺口，找到每一个与她有交往的人，也许他们都有可能与自己的公司有着或多或少的关联。

"没有，她是自己过来应聘的，当时她倒是很自信，确信自己能被选中，我当时就是看中她那份笃定与自信的。而且我认为您也一定能看中，所以立马就定了她。"刘部长回道。

"好了，我知道了，该怎么处理就怎么处理，按公司的正常程序走。"吴永和回完刘部长的话，便埋头处理起自己的事。

"也许出了什么别的意外呢？我们还是找找吧，毕竟人是在我们公司不见了。"刘部长还是有些不放心。

"那你们赶紧去找吧，尽快给我一个答案。"吴永和心里非常肯定杨小新不会再出现，但他还是企望能有一个意外的结果。

穿越第四隧道

天与地纠结成一块，黑暗堵住了所有的出口，世界似被拧成了一股麻绳，吴永和、史乾坤、刘达飞他们三个被卷进麻绳的中央，挣不脱，解不开，也触摸不到彼此，他们需扯着嗓子使劲喊才能听到对方如蚊虫般的声音。

没有风，也没有雨，世界如静止般，不知道停留在哪个时间节点，他们感觉所有东西都在离自己远去，唯独自己的一颗心还在这茫茫不着边际的时空里跳动。

"我们可能被卡在过去与未来的时间连接点了。"吴永和根据前几次的经验猜测着，"心之所向，身之所往，终至所归。搭上时光机，你将去向任一你想去的世界。"他又想起了时空隧道管理者的声音，在这个节点，没有任何办法搭上时光机，更没办法去自己想去的世界，他们被死死地卡在这儿，不能动弹。

"不，你们感觉一下，我们在动，像在云中飘，应该是在漫游。"史乾坤用尽力气对他们喊，但声音一出口就仿佛被蒸发在时空中，变得那么微弱。他们似乎听到了，似乎又什么都没听到。史乾坤不再徒劳，有可能他们自己已感觉到了，他这么安慰着自己。

一阵波涛般的气流袭击过来，还没等他们三个稳住神，便被卷进一个旋涡里，他们想与对方取得一点联系，哪怕身体上的一点触摸，也能感觉到彼此的存在。可任他们怎么挣扎，也无法获取半点对方的信息。他们紧蹙眉头，闭上双眼，一股无力感让他们只能听天由命："算了吧，随它把我们卷入何方。"

有一道光，像手电筒般照射过来，光影交错中他们看到了一行行如甲骨文般的文字：

立体农业，又称层状农业，就是利用光、热、水、肥、气等资源，同时利用各种农作物在生育过程中的时间差和空间差，在地面地下、水面水下、空中以及前方后方同时或交互进行生产，通过合理组装，粗细配套，组成各种类型的多功能、多层次、多途径的高产优质生产系统，来获得最大经济效益。如在葡萄地里种草莓、草莓收获后种菜等。鸭河口库区，水库水面发展网箱养鱼、银鱼养殖及库汊养鱼开发，环库发展猪鸡水禽立体养殖，这也是立体农业的典型。早在20世纪初就有了"立体农业"这一学术名词，美国哥伦比亚大学的一位教授曾概括为：立体农业是"种植业、畜牧业与加工业有机联系的综合经营方式"。目前我国有关立体农业的定义大体有3种表述。

立体农业的模式是以立体农业定义为出发点，合理利用自然资源、生物资源和人类生产技能，实现由物种、层次、能量循环、物质转化和技术等要素组成的立体模式的优化。

构成立体农业模式的基本单元是物种结构（多物种组合）、空间结构（多层次配置）、时间结构（时序排列）、食物链结构（物质循环）和技术结构（配套技术）。目前（截至 2009 年 7 月）立体农业的主要模式有：丘陵山地立体综合利用模式；农田立体综合利用模式；水体立体农业综合利用模式；庭院立体农业综合利用模式。

立体农业的特点集中反映在四个方面：

集约

即集约经营土地，体现出技术、劳力、物资、资金整体综合效益。

高效

即充分挖掘土地、光能、水源、热量等自然资源的潜力，同时提高人工辅助能的利用率和利用效率。

持续

即减少有害物质的残留，提高农业环境和生态环境的质量，增强农业后劲，不断提高土地（水体）生产力。

安全

即产品和环境安全，体现在利用多物种组合来同时完成污染土壤的修复和农业发展，建立经济与环境融合观。

总之，开发立体农业、发挥其独特作用，可以充分挖掘土地、光能、水源、热量等自然资源的潜力，提高人工辅助能的利用率和利用效率，缓解人地矛盾，缓解粮食与经济作物、蔬菜、果树、饲料等相互争地的矛盾，提高资源利用率，可以充分利用空间和时间，通过间作、套作、混作等立体种养、混养等立体种植模式，较大幅度提高单位面积的物质产量，从而缓解食物供需矛盾；同时，提高化肥、农药等人工辅助能的利用效率，缓解残留化肥、农药等对土壤环境、水环境的不利影响，坚持环境与发展"双赢"，建立经济与环境融合观。

突然断电般，这些文字瞬间隐没在无限的时空中，三个人在不近不远的近代时空。遥远的过去和不可期的未来在虚无的四维空间里碰撞、交织，反反复复纠缠着。时间，成了无法把控的虚空，吴永和在心里执念着"心之所向，身之所往，终至所归。搭上时光机，你将去向任一你想去的世界"。他希望时光机能带着他们利用时间虚空的裂缝载着他们飞往未来。

也不知道过了多久，绳子突然被炸裂般崩开，世界如盘古开天地般山崩地裂，他们感觉已穿越过一个狭窄的隧道到了另一番天地。

九年后

按照"月牙湖畔"星光城方案，在林副省长、海湾大学樊校长、钱寿义、吴永和、史乾坤的精心组织及安排下，联合各个领域的精英，每一项都有序、精准地往前进行着。月牙湖畔的沙漠、盐碱地、滩涂、荒地渐渐被大规模的立体种植工厂所代替，农业、建筑业、机械制造业等已融为一体。楼高几十米的立体种植工厂一栋又一栋地建起来，大批立体种植所需要的机械一批又一批地生产出来。

立体农场完全取代了农田、土地、牛耕时代，拖拉机时代，机械代替了许多传统的生产工具，立体种植已经带动建筑和机械制造业的发展。全国各地大部分田地陆续空置出来，可以更好地进行城市规划以及我们住宅条件的改善。一个住宅主要是靠城镇化，城镇化主要靠建楼来解决人类居住的时代已经过去。

以前大家都住在高楼大厦里边，大部分家庭的房屋面积只有几十平方米，少部分一百多平方米，极少有两百平方米以上，这造成人类生存空间狭小，很多消费没有办法进行。大件东西不能买，家里没法容纳。有些发达国家，一个车库的面积就跟我们整套房差不多，一般的小别墅都有四百多平方米，大的就更别提了。居住面积、地下室、车库面积都很大，花园露台也很宽敞。地方大，买的东西有地方容纳，所以消费自然就多。比如在花园里面搞个小游泳池、滑梯，或者搞个儿童的小游戏厅等，在他们国家这都很普遍，这也相当于消费。普及了立体农业我们国家有了大量土地可以用来居住，也能有宽敞的居住环境了。

将来别墅的建筑成本实际是低于我们商品房的建筑综合成本的，商品房价高的原因是城市地价、周边配套及建筑成本相当高，而且维护商品房的成本也很高。小别墅的建筑成本、维护成本在地价便宜的前提下综合来看是不高的。小别墅是低层建筑，以前由于耕地面积不够，没有办法去建小别墅，所以建的都是高楼大厦。

立体种植不仅同建筑、机械行业相融，同人民的日常生活、居住条件更会产生密切的联系。实行立体种植后省出来大量的耕地，我们一部分拿来做安全的种植，维持种植的多样性，比如说田里种小麦也还得接着种，不能够彻底弃耕，以防万一。另一部分可以把它变成园林种植，集观赏性与休闲娱乐为一体。立体农场普及后省出来的大量土地，可以用来做地产项目，农民都有自己的宅基地，而城里人，住在高楼里面。我们可以把现在适合于人类居住的地方全部改为人类住宅区。这样就可以供应许许多多个家庭去建别墅，基本上 60%~80% 的人都可以住上别墅。这样不但带动建筑业、机电行业、人工智能行业、民生行业，也带动了第三产业的发展，消费就可持续发展了，人均 GDP 也跟着带动了起来。

如今建的立体种植农场，如果说真实的占地只有 1 亩，就是600 多平方米，然后可能建 30~40 米高的立体种植层，这本身就要带动建筑业，建筑业带动水泥钢筋的生产，各种基建配套都带动起来了，还有建筑机械如种植用的机械、自动播种机、自动收割机、喷洒机等。大量的设备需求，带动整个制造业的蓬勃发展。然后，剩下的地就可以进行美化，又可以拿来建别墅，让一部分人移居到城市周边的别墅区，中产阶层都住在郊区，工薪阶层的人住在城里。因为我们实现了立体种植，就可以把这个城市规划做得更好。

雨后春笋

在北疆，在月牙湖畔，一个大型综合的立体农场粗具规模，一栋又一栋的别墅如雨后春笋般沿着月牙湖畔整齐、规范地建起来，几十米高的立体种植建筑一栋又一栋地矗立起来。

钱寿义与吴永和站在即将全面建成的立体农场面前，商议未来周围的配套及布局。北疆省的林副省长突然来到，作为自己负责的项目，他必须得亲自过来看看进展程度，看到钱寿义与吴永和两人，他欣喜地走上去。这时他们俩也看见了林副省长，赶紧迎上来，林副省长握住他们的手。

吴永和主动与他们聊起来："中国发展建设立体种植农场的策略到目前为止还是存在些问题，但其优点和缺点一样明显，我们可以发扬其长处，尽量避免其劣势，让它在我们的生态环境建设中发挥最大作用。我们可以把技术从尖端化逐渐演变到普及化。立体种植技术，一开始肯定是尖端的、科技含量很高的，当种植面积不断扩大的时候，慢慢地这个技术也就变得普及了。这自然要有一个过程，比如，荷兰、美国的立体种植对象主要是蔬菜，特别是西红柿。因为种这些，首先是产量高，而且能全收获，就是植物全身都有应用价值，都可作为它的产量。但我们现在面对的更多的农作物不是这样，比如大豆，只是豆子算产量，其壳、根、茎等乱七八糟的部分都不算，而这些的生长也需要能量，也是从我们的营养液或者从我们提供的光照能量来的。所以说，大豆产量只有500斤，那些枝干、叶子加起来可能超过千斤，但是这个千斤不能用的，就是种大豆收获的可用部分只有500斤，而不能用的可能高达1500斤。"

"现在我们理想的种植，第一个就是把花生先榨出油，然后一再做成蛋糕，并且富含蛋白质，这个如果能实现，就是尖端技术。如果普及种植，就会变成普通技术，这个技术的尖端与普通，第一就是看掌握的人多不多，第二个是看用得普及不普及，用得普及就不算高端技术，用得不普及，就算是高端技术。"林副省长认真听着，突然插话道，"所有的立体种植必须得从尖端走向普及，否则创建那么多大型立体农场就失去意义了。"

"周围别墅群的兴起，还可以让人们实现个人消费的提升，因为现在消费提升很困难，中国人的主要消费之一是旅游，为什么旅游呢？因为居住地方太小了，在自己家里面能够做的事情很少，无法施展开手脚，人也活得太憋闷。大家最渴望的就是走出去旅游，以后有了别墅就完全不一样了，房子大，买的东西多，活动的地方也宽敞。"钱寿义从另一角度谈了自己的看法。

妻子病情好转

　　妻子手机的微信一响，吴永和就赶紧回复，自从把妻子送进专业的心理治疗所之后，吴永和就把妻子的手机一直带在身上，麦利妮娜时不时会给林可馨来信息，吴永和随时回复，就像是妻子林可馨在同她聊天一样。吴永和现在已完全掌握了怎样应对麦利妮娜，一来二去，他也被磨炼成了心理学方面的高手，应对麦利妮娜竟然无任何破绽。

　　回完麦利妮娜的信息，吴永和打算开车去看看妻子，好些日子没有过去了，也不知道林可馨现在恢复得怎么样了。

　　经过杨小新的事件之后，吴永和对妻子的感情也有了新的变化，他不知不觉地已把妻子当成自己至亲的人。临行前，吴永和去花店买了一束鲜花，花的香味带给他无比的愉悦。一路上阳光灿烂，花香四溢，车辆所经之处畅通无阻，吴永和很轻松地就来到了心理治疗所。

　　"听说你要过来，可馨可兴奋了，她从我放下电话到现在一直在门口盼着。"吴永和一到，心理医生成老师就跟他诉说着。

　　见到林可馨，吴永和把手里的鲜花递给她，接过花妻子像孩子般展开了笑颜。吴永和抬头看向妻子，林可馨也正往自己脸上看，这么多年来，妻子的眼神跟自己终于有了交流。吴永和别提有多激动，那个往日对自己漠然无视、不理不睬的林可馨终于从自身的封闭囚笼中走了出来。他双手抓住妻子的肩膀，用额头抵住妻子的额头，心里酸楚得不知道说什么好。

成老师在一旁把林可馨近段治疗的情况和慢慢变好的迹象一一向吴永和陈述着。吴永和听着很欣慰，他终于看到了希望，那不断折磨自己的遥遥无期的日子终于离自己越来越远了，他在心里感叹着。

"先坐下来吧，你们好好聊聊。"成老师看到这些心里也颇有成就感，她让吴永和坐下来，自己跑去给吴永和倒了杯茶。

"好的，谢谢！"吴永和礼貌地回应着。

"你们聊吧，我那边还有个事要处理。"成老师看他们有沟通交流的意愿，赶紧找个理由退了出去。

妻子的反应虽然还没完全恢复到正常人的水平，但主观情绪上已有了很大的改观，她不再冷漠地拒人于千里之外，这让吴永和无比欣慰。他并不想急于求成，经历了这么多，他现在对自己的妻子有了足够的耐心。他愿意花时间等，等妻子一点一滴地变化，等妻子今天比昨天进步一点点。

"最近有没有好好吃饭？"吴永和拉着妻子坐在自己身旁，像对待小孩般，满眼爱怜地问。

"当然有啊，我现在表现得棒棒的。"林可馨孩子般回道。

看着林可馨那份孩子般的赤诚，吴永和打心眼里喜欢，妻子已完全摆脱了消极情绪的控制。她已经从冷漠的自我中走了出来，现在展现的是一个完全真实的自己。

吴永和握住林可馨的手，仔细地看了又看，从手掌到手背，手上的每条经络，每根细纹，他都一一看得清楚仔细，看完在妻子林可馨的手背上轻轻地吻了一下。然后拿过指甲剪，认真地给林可馨剪起指甲来。太阳光照在他们的身上，画面恬静温馨，时间在一分一秒中静静地往前。剪完，吴永和又牵着妻子的手，仔细地端详起来。

林可馨像小孩般收回自己的手，从吴永和手里接过指甲剪也帮他剪起指甲来。她低着头，很认真地剪，生怕自己不小心剪到吴永和的皮肤上。吴永和盯着自己的妻子，看到她那股认真劲，像小孩般的执拗与纯真。他突然觉得能拥有妻子这般的爱是何等的幸运。

妻子剪完后，拍拍他手上的残余指甲屑，冲着吴永和笑开了颜，看到林可馨眼里纯真幸福的光芒，吴永和这一瞬间觉得自己拥有了全世界。

两个小时的时光很快就过去，成老师过来要接林可馨去进行理疗和每天规定时间做的康复训练。吴永和只好起身同妻子告别，林可馨不依，恋恋不舍地拉着吴永和的手，小孩般地依赖着他。吴永和拍着她的肩膀，告诉她过两天还会来看她。看到吴永和要走，林可馨急得眼泪唰唰地往下掉，抓住他的手，非得让吴永和陪着她。

"可馨，到时间了，我们要去做理疗了。乖乖做好理疗下次就能更快见到你们家先生哟。"成老师像哄小孩般把可馨哄了回去。

大型立体种植的全面发展

一栋又一栋的立体种植大楼建起来，显示了前所未有的推进速度，立体农场具有传统农场无法比拟的巨大优势：立体农场可以节省耕地面积，充分利用城市空间；可以充分利用各种温室栽培技术大大提高农作物产量；可以合理利用有机废物改善城市公共卫生；可以充分利用大自然可再生能源；可以为城市居民提供大量的休闲空间和就业机会。立体农场将使社会发生翻天覆地的变化，人们生活质量提高，人均 GDP 提高。

大型立体农场的人工发光装置通过各种方法调配合适的光谱让植物受到足够的光照。我们还通过在自然界富集二氧化碳，可以把二氧化碳浓度提高，因为立体种植需要二氧化碳的富集技术来支撑，而且是一种低成本的富集技术。实际上立体种植大楼一部分是专门进行二氧化碳富集的，然后输送到植物种植区。不然的话，密闭系统里自然存在的二氧化碳很快就会被植物吸收完，没了或者少了二氧化碳，农作物的生长就很慢。

大型立体农场植物授粉也是一个很重要的问题，自然界中只靠蜜蜂等昆虫授粉。立体种植后蜜蜂等昆虫进不去。所以在选植物的时候，尽量选用靠风授粉的植物。现在立体农场中的农作物，很大一部分是靠风授粉的，可以通过人工送风，提高循环风强度，让植物授粉。一些植物本身是昆虫授粉的，那就可以进行基因改造或者基因优化，把它改为风授粉。另外，立体农场使一个新的产业形成了，因为立体种植都是无土栽培的，那么自然要用到营养液，营养粉大部分都是以固态进行运输，然后到现场加水溶解，配成营养液，给植物输送，这可以理解为新的肥料工业。

立体种植需要优化植物基因，优化的目的就是让它提高产量的同时还要追求口感和营养。那么，做了一些基因改造以后，是否会有一些副作用？任何技术在研发和推广过程中都会受到多方面的考验，这很正常，因为这是一个渐进的过程，我们会通过技术优化不断改进，消除一开始可能没发现的负面影响。植物有这个问题，怎么办？要慢慢改进。第一，不能说没有任何副作用，不可能一切都是绝对的好，我们要逐渐地去优化。随着立体农场的全面发展，给社会带来一系列好处的同时，有可能也会存在一定的不利方面，要正确地面对这些，尽量把不利面消除，或者把它变成有利面。我们必须要从大局出发，全面考虑立体农业的未来。

第二，产品和环境的安全，体现在利用多物种组合来同时完成污染土壤的修复和农业发展，建立经济与环境融合观。总之，开发立体农业、发挥其独特作用，可以充分挖掘土地、光能、水源、热能等自然资源的潜力，提高人工辅助能的利用率和利用效率，缓解人地矛盾，缓解粮食与各类经济作物、蔬菜、果树、饲料等相互争地的矛盾，提高资源利用率，可以充分利用空间和时间，通过间作、套作、混作等立体种养、混养等立体种植模式的推广，较大幅度提高单位面积的物质产量，从而缓解食物供需矛盾，缓解残留化肥、农药等对土壤环境、水环境造成的不利影响，坚持环境与发展"双赢"战略，建立经济与环境融合观。

水稻小麦立体种植成功

　　源农科技发展有限公司在吴永和及华南科信基因公司的多方面配合下，解决了一直以来存在的难题，那就是水稻小麦立体种植项目试验获得成功，缓解了耕地减少与人口增加造成的矛盾。

　　水稻和小麦的植株高度与产量的问题，一直困扰着立体农业在粮食种植方面的发展，许多科研人员为此付出了很多努力。因为单棵小麦或者是单棵水稻的产量肯定是不高的，但它们的植株却蛮高，虽然是人们习惯吃的品种，但从碳水化合物角度来讲，它们并不是一个非常有收益或者说是很好的立体种植作物。土豆或者红薯等产量都是高于它们的，因为立体种植在计算效益的时候要考虑单位面积的碳水化合物产量和单位面积下它所占的立体空间。如果说单位面积是一平方米，植物长得太高，它占的体积就很大，植物的光合作用的利用率比较低。植物高度太高，有一部分光合作用实际上是浪费了，比如说像花生，同样占地面积是一平方米，花生的空间高度可能只有几十厘米，占空间小，同样空间里可以多种几层，那么花生就高于水稻或者小麦几倍的产量，所以一开始的时候，吴永和与史乾坤并没有考虑水稻与小麦的立体种植问题，也没过多地去琢磨这里边的技术含量。

周副局长有次在开会时提到这个问题："一个这么大型的立体农业公司，连主食的立体种植问题都解决不了，还搞那么大阵势的立体种植基地，这不成了大众的笑料。把所有精力与资金放在那些可有可无的产品上，简直在浪费资源。"他不但在口头上提，而且在往上级的报告中，也详细地汇报了这一事实。迫于各方面的压力，吴永和不得不想尽一切办法去解决这个问题，既然是立体农业，就得全面均衡发展，尽可能做到什么都有，什么都能。

吴永和和史乾坤认为立体农业解决了大豆进口问题就能够解决饲料问题，如果大豆还在农田种植的话要占几亿亩的农田，大豆能通过立体种植解决，就可以说基本上缓解了农业的危机。既然上面这样要求，神农管家科技有限公司也只能切切实实去研究开发。

经过吴永和、史乾坤及华南科信基因公司的李立强工程师不懈的努力，水稻立体种植项目终于试验成功，这是立体种植的一项突破。这样不但缓解了耕地减少与人口增加造成的矛盾。而且在立体种植中尽可能多地利用可再生资源，并创造适宜植物生长的微环境。水稻种植采用这种模式，充分利用了群体和政策的优势，通过基因优化，把植株变矮，把生产周期在现有的条件内变短来提高水稻和小麦的产量。其次增加植株中下部的光照强度和通透度，增加水温和地温条件，通风透光，有利于增强光合作用，促进干物质积累，提高结实率和千粒重，使用专用产品后使水稻、小麦快速生根、促进早期分蘖，提高水稻、小麦的抗逆性，从而增强了水稻、小麦的根系发达程度和活力，植株健壮，可促进早熟5~7天，延长授粉期，减少病虫害的发生。

受到中国传统水稻田的启发，水稻和小麦的立体种植大楼的地板是可移动的。这就意味着，水稻和小麦摩天大楼的每一层都可改变它的位置，以让植物吸收最大量的光照或保持最适宜的湿度。

　　水稻摩天大楼项目也将利用水培法来种植农作物，几乎不使用土壤，以便监测农作物的生长及其营养价值。参观者将可以进入水稻摩天大楼，观看水稻与小麦在立体农场中的生长情况。这样他们就能对立体农业有更多的了解，并且能够享受每个平台提供的360°全景景观。

　　立体农场中水稻跟小麦摩天大楼项目是从自然环境中采集阳光、水、空气进入他们构建的立体农场中，缩短作物的生长周期。让作物提高产量。一栋栋摩天大楼拔地而起，上面住的是粮食与蔬菜，全面突破了水稻和小麦等主要粮食作物不能建立体农场的难题。粮食问题解决，土地大面积空出来，许多地方开始建起了一栋栋整齐、美丽的别墅，人类终于可以回到地面上呼吸，人类的身心终于不再被困在"笼子"里。

未解之谜

　　吴永和、史乾坤、刘达飞他们仨在第四隧道里，重温了这十几年来他们从事立体农业所经历的一切，走过了为立体农业所走过的每一段路。过去、现在、未来所发生的一切历历在目，却没发现任何值得怀疑的瑕疵，所有的操作都在顺理成章周密细致地进行。在浩瀚复杂的农业王国里，他们努力地搏击着，拼尽全力往前，此刻，他们却不知道下一步该往哪儿走。全自动化系统装置一旦失控，那将是一场史无前例的立体农业大灾难。

　　有个声音响起，如唱诗般的声音："世界可能混沌一片，万物皆有裂痕，那是光照进来的地方。"是时空隧道管理者，这声音太熟悉。吴永和急迫地寻找声音的来处，他想企求时空隧道管理者能给自己指引方向，可那声音像一阵风般，已飘然无踪。

　　"万物皆有裂痕，那是光照进来的地方"，吴永和反复地思考这句话。突然间，他意识到了什么，裂痕、缺口，吴永和想到自己心灵的那个缺口，莫非指的就是这个，十年前在这里的时候那个恐怖的声音在心里响起："想要找到你心里的那个缺口，请从第四条隧道往前。"

"走，我们沿着第四隧道往前，或许那里能找到咱们要探寻的终极目标。"意识到那个声音的含义后，吴永和心里一阵兴奋，拉着他们俩的手，不由分说地跑向前方。

　　三人沿着第四隧道探索着往前跑，不停歇地跑。在隧道的深处他们看到有一道光，忽明忽暗，像萤火，越来越亮。吴永和死死地盯住那道光，希望它能带给自己新的答案。

　　追逐着那道光，像追逐生命全部的希望。三人只有不停歇地往前，有时看到那道光就在眼前，走过去却又遥不可及。有时明明近在咫尺，却又摸不到、够不着。他们仨被折腾得筋疲力尽，一个个都想停下来休息。但吴永和拽住他们："不能停下来，否则我们前功尽弃。"在一个黑暗的拐角，那道光似乎是停在那儿，吴永和伸出手，快速地想要用力抓住些什么，刚一碰触，轰隆一声巨响，天崩地裂，所有人还没反应过来是怎么回事，他们就在轰鸣声中进入了另一番天地。这里是一个完全陌生的世界，天不是天，地不是地，整个人悬在空中，天地一片混沌。

　　待他们清醒过来一看，发现这里是一片神奇的世界，像仙宫一般，云雾缥缈，一栋栋水晶宫般的立体农业建筑高耸入云。令人感到惊奇的是，他们竟看到了两个女人的身影。

　　"杨小新和常慧芯?"刘达飞惊叫。

　　"怎么可能，可能是相似的两个人吧。"史乾坤不敢相信。

　　"那是活在另一世界的她们。"吴永和很肯定地说。因为他想起了时光隧道管理者的话："浩瀚的宇宙中存在着许多相似又不同的其他宇宙，它与我们平行存在。平行世界所发生的一切与现实世界几近相同，当时空发生重叠时，便可以通过量子纠缠的方式传回人的大脑，产生难以置信的现象。"

"杨小新不是已经失踪了吗？她是怎么消失的？她去了哪里？公司人找了很久都没任何消息，原来她是来了这里。"第一次见到这样的景象，他们都很震惊，几个人对平行世界的概念一片空白，刘达飞不敢相信眼前的景象。

"还有常慧芯，钱总一直把她放在源农科技发展有限公司那边，根本不让她插手北疆这边的事，她什么时候跟杨小新联系上的？她们怎么会在一起的？"史乾坤满脑子的疑问。

"是的，她们在现在的这个世界里生活着，说不定这个世界里还有另一个我们。我们得赶紧走，如果撞上自己，说不定我们的灵魂和肉身都将灰飞烟灭。"吴永和说。

史乾坤还是转过头去，看着杨小新和常慧芯面前那一栋栋水晶宫般的立体农场大楼，镜透面可以把太阳光直接储存，并可以随时折射进立体农场里面，给各种植物进行合理的光照，白天与黑夜的设置都是自动的。时间、温度、光照、生长周期的调配都是全自动系统控制，每栋立体农场大楼都有自己精密的自动控制中心。她们现在最新研发的技术可以把二氧化碳直接合成碳水化合物。此刻，她们正在研究更高级别、更先进的系统装置。吴永和瞬间明白了事情的真相。

"走，我们回到十年后出问题的那个世界。"吴永和拉着史乾坤和刘达飞迅速地坐上时光机，他们即将投入一场新的程序系统控制大战中……

后　记

　　写这本书之前，对于农业，我是熟悉到非常陌生的境地。

　　熟悉是因为它伴着我们来到这个世界，就融在我们的生命里，给予我们生命的滋养。陌生是因为我们从来未曾认真考虑过它在我们的生命之中，到底是个何等重要的存在，如果有一天离开了农业或者农业跟不上人类发展的需要，那将会怎么样？

　　认识了好友平涛，听到他那极富感染力的对农业的解说，特别是对立体农业的期待与筹划，激起了我强烈的好奇心。一个在大都市生活了近30年的我，又把农业归位到自己的生命中来。

　　我开始查资料，研究国内农业发展形势，关心国际农业的现状。看视频，关注民生的温饱状况，关心粮食的安全问题。

　　我明白了拥有"世界奶源之都"之称的阿根廷，拥有南美洲最广阔肥沃的土地——潘帕斯平原的阿根廷，为什么到最后会变成了牛奶进口国，甚至连粮食都不能自给自足。

　　我明白了粮食在国际局势中的重要地位，也明白平涛说的立体农业在未来社会可持续发展中的重要性。

　　写作的兴趣被点燃了，但怎么写，用什么方式来写，一直困扰着我。

平涛滔滔不绝地讲述着立体农业的发展前景，讲述着立体农业的相关技术，描述着立体农业美好的未来。我一直随着他绘声绘色的语言，思考着该怎么样来写这么重要的题材？用什么方式来写更能打动人心，激发更多的成功人士去了解农业，并致力于改造它、拯救它？如果写成科普文，毕竟自己对农业方面的知识掌握得不够精准，很多专业性的东西我不一定能写得具有完全的知识性、客观性。即使有平涛这么优秀的人在，也不一定能写到如教科书般的无可挑剔。写论文，对于写小说见长的我来说，思维达不到那么缜密，也写不出它的学术性与理论性。也许到最后成了一堆逻辑并不严谨的空框架。写成纯文学性的小说更不可取，其中牵扯到许多的数据及科技方面的东西，写不出小说般的生动与精彩，到最后成了没有情节与容量，更没有价值与意义的文字堆砌。我想到了科幻，不是因为我擅长写这种空灵、精彩的想象性文字，而是我终于可以名正言顺地凌驾于这三者之上，不再去顾及太多客观、精细的东西。我知道我是假借了科幻之名，把这部长篇天马行空地演绎成了"四不像"。但我觉得我是认真的，尽管写得还不完美。

我用我的真诚去诠释，在人类的可持续发展和人口增长方面正面临着重大的挑战，我们当前必须重新思考粮食的生产方式。用立体农场这样的新型室内种植方式，替代传统农业，为未来提供了一种新的解决方案。

社会的发展在持续不断地向前，任何事物有利便有弊。人类在向前的进程中，也存在自然与自身的矛盾与不和谐，社会是一个不断进步又不断修复与改正的循环往复的客观存在，农业的发展到最后也是如此。

此书即将出版之际，感谢绿希望投资何树悠博士、贵州理工学院李波博士、中国机械研究总院付卉青博士、华测检测研究院刘攀超博士提供的宝贵意见和鼓励！

感谢成莹女士的特别帮助！

在此谢谢大家！

欧凤香

2023 年 7 月